Bärige Kurzgeschichten

Bärige Kurzgeschichten: Ein abstruser Mix von Michael
Wagner

Michael Wagner

Bärige Kurzgeschichten

Ein abstruser Mix

Impressum

Bibliografische Information der Deutschen
Nationalbibliothek:
Die Deutsche Nationalbibliothek verzeichnet diese
Publikation in der Deutschen Nationalbibliografie;
detaillierte bibliografische Daten sind im Internet über
http://dnb.dnb.de abrufbar.

© 2022 Michael Wagner (Pseudonym)

Herstellung und Verlag: BoD – Books on Demand,
Norderstedt

ISBN: 978-3-7534-7725-1

BÄRIGE KURZGESCHICHTEN

Liebe Leserschaft, lassen Sie sich mitnehmen in die tieferliegenden Abgründe meines Seins: Ich präsentiere eine Auswahl verschiedener bäriger Kurzgeschichten, die in den vergangenen zwei Jahrzehnten aktuell waren, aber auch in der Mitte der 2020er-Jahre wenig an Unterhaltungswert eingebüßt haben. Manche, wie die Betrachtungen über meine Großmutter, spiegeln wahrheitsgetreu die damaligen Abläufe wider, manch andere sind schlicht der Fantasie entsprungen und bei wieder anderen mischen sich Realität und Fiktion. Legen wir los.

Der Spieler

Bis zu diesem Tag hat mich mein guter Freund Max etliche Male gebeten, seine Geschichte aufzuschreiben und mit anderen zu teilen. Eine Geschichte voll Schmerz, die in tiefen Abgründen spielt und doch wieder auf sonnigen Höhen. Die Geschichte eines Lebens, des Lebens von Max. Er hat bis heute zehn Jahre verloren, seine Würde, Freunde und viel Geld. Na und, der ist doch selbst schuld, niemand hat ihn gezwungen, sein Geld in Glückspiel zu investieren – so dachte ich würden die Leute denken, wenn ich berichte, was passiert ist. Doch heute möchte ich einen kleinen Blick auf sein Leben werfen. Max ist ein extremer Spieler, er hat lange Erfahrung in der Championsleague. An einem Tag über 1000 Euro zu verspielen war für ihn keine Seltenheit. Tausende zu gewinnen im Onlinecasino, um den Tag dennoch mit einem riesigen Minus zu beenden auch nicht. Automaten spielte er auch. Die gibt's allerorts, in jeder Stadt verfügbar. So kam er auch in den Genuss Erfahrungen mit dem Übernachten in Bahnhöfen zu machen, weil er das Geld für das Hotel verspielte.

Mit diesen Worten möchte ich kein Mitleid erhaschen für meinen Freund. Ich möchte berichten. So subjektiv es geht und genauso nah an den Fakten wie es geht. In einer kurzen Geschichte erzähle ich von ihm.

Er sitzt an der Ecke vor meinem Supermarkt seit ich mich erinnern kann. Aufdringlich ist er nie. Er hält niemandem seine Hände entgegen, er bettelt niemanden direkt an. Er sitzt nur stumm da und starrt auf seine Schüssel mit den paar Münzen, die vor ihm liegt. Manchmal sehe ich ihn im Stadtpark dösen. Seine Kleidung ist verwaschen und alt, aber sauber. Seine Augen unter dem verfilzten blonden Haar strahlen Intelligenz aus. Manchmal trinkt er ein Bier. Betrunken habe ich ihn noch nie gesehen. In der Stadt ist er als höflich und zurückhaltend bekannt. Es wird sich erzählt, dass er früher ein

Appartement in der schicksten Gegend der Stadt bewohnt hat. Dass er einen Z3 fuhr. Neulich wollte ich ihm was Gutes tun und lud ihn zum Essen in ein schickes Restaurant ein. Erst lehnte er ab und meinte, das bereite ihm ein schlechtes Gewissen. Doch als ich ihm mit den Leckereien, die er zu erwarten hatte, den Mund wässrig gemacht hatte, willigte er ein. Ich muss schon zugeben, dass ich in erster Linie neugierig war, wie ein solcher Mensch auf der Straße landen kann. Er sträubte sich zuerst, mir etwas zu erzählen. Doch nach dem Dessert faltete er seine Hände, die Ellbogen auf dem Tisch aufgestützt sagte er: „Sie wollen wissen, wie ich in diese Situation gekommen bin. Nun gut, ich will es Ihnen erzählen". Und dann erzählte er von der Vergangenheit. Er war Drucker bei einem kleinen Verlag. Wirklich viel Geld hat er nie verdient, aber es hat immer gut gereicht zum Leben. Außerdem erzählte er, gab es da noch eine andere Möglichkeit, an Geld zu kommen. Angefangen habe es am Geburtstag eines Arbeitskollegen, berichtete der Mann. Der Abend sei sehr spaßig gewesen. Und einiges an Geld sei auch dabei rumgekommen. Achttausend Euro hat Max an diesem Abend im Casino gewonnen. Genug, damit er wieder hinging.

Eine Zeitlang hatte Max jeden Monat im Schnitt immer das Doppelte gehabt als das, was auf seinem Lohnzettel stand. Dann kam der Absturz. Max ging plötzlich regelmäßig in Spielhallen, um an den Daddelautomaten sein Geld zu verprassen. Er meinte, es habe ihn entspannt. Bis er plötzlich merkte, dass nicht nur sein Gehalt, sondern auch sein Erspartes für dieses fragwürdige Hobby draufging. Da war es schon zu spät, sagte er. Der Spielteufel hatte seine Seele gefangen. Er konnte nicht mehr aufhören zu spielen, bis er kein Geld mehr hatte. Alles wurde geopfert. Sein Auto, seine teure Münzensammlung und schließlich auch noch seine Wohnung. Und heute, so schloss er die kurze, aber ergreifende Erzählung, heute sitze er auf der Straße. Ob er denn nie Hilfe in Anspruch genommen habe, wollte ich wissen. Ob er denn immer noch spiele. Ja, er spiele immer noch hin und wieder, selten zwar, aber er tue es noch. Und Hilfe könne ihm da keiner geben, wenn er es nicht selber tat, sagte Max. Nachdem wir das Lokal verlassen hatten, steckte ich ihm 100 Euro zu. Er nahm es an, seine Augen blitzen als er den Schein in den Händen hielt. Ich wusste nicht, dass ich damit weder ihm noch mir einen Gefallen getan hatte. Die nächsten Wochen sah ich ihn nicht mehr vor dem Supermarkt. Ich dachte, er könne von dem Geld, was ich ihm gab, leben und habe es daher nicht mehr nötig, zu betteln. In Wahrheit hatte er aus den 100 Euro vierhundert gemacht. Dann hat er sich ein Sakko ausgeliehen und ist ins Casino gefahren. Dort machte er aus den vierhundert neuntausend Euro.

Max stand zitternd vor dem blinkenden Münzengrab. Die Maschine musste weiter rotieren. „Endlich den Verlust wettmachen", kein weiterer Gedanke steckte in seinem Gehirn. Der Spieler neben ihm hatte soeben 230 Euro gewonnen. Verzweiflung stand in sein Gesicht geschrieben, nervös fingerte er eine Zigarette aus seiner Schachtel. Sein Vorrat an Münzen war fast aufgebraucht. Er wechselte nochmals zwanzig Euro. Genau wusste er nicht mehr, wie viel er umgetauscht hatte. Die Summe belief sich auf 380 Euro. Sechs Euro mehr als seinen Verlust hatte Max monatlich zur Verfügung. Er wollte nicht aufhören, daran zu glauben, jeden Moment den Jackpot knacken zu können. Wie sich Max wünschte, die Zeit um lumpige zwei Stunden zurückdrehen zu können. Zu dem Moment, in dem er sich entschloss, fünf Euro einzusetzen. Als er den Spielsalon verließ, schwindelte ihm. Rastlos irrte er durch die Stadt. Angsterfüllt überlegte er, wo er auf die Schnelle Geld herbekäme. Sein Magen rumorte. Er hatte noch nichts gegessen und keine Lebensmittel mehr im Kühlschrank.

Da fiel sein Blick zu einem Zwei-Euro-Stück, das auf dem Boden lag. „Ein paar Brötchen, den Rest des Monats Hunger oder die Chance auf einen prall gefüllten Kühlschrank", schoss ihm durch den Kopf. Er entschied sich zu setzen. Er verlor.

Nervös irrte er durch die Stadt. Kaute an den Fingernägeln und rauchte eine seiner letzten Zigaretten. Sein Mund war schon fast abgetötet vom Rauch.

Dann traf er mich und wir gingen essen.

Er hatte tatsächlich Glück mit den 100 Euro, die ich ihm gab. 125 Sonderspiele. Beim ersten Spiel. Er drehte sich erst mal eine Zigarette. „Warum nicht gleich zu Anfang", dachte er. Doch er hatte Glück, wie er empfand. Er würde zwar nicht den Einsatz wiederbekommen, aber er würde einen vollen Kühlschrank haben. Nebenher spielte er noch an zwei weiteren Automaten. Am ersten knackte er den Jackpot, beim zweiten drückte er 50 Spiele. Er frohlockte. Ich weinte – innerlich und leise.

Stadtführung im Knast

Die Stadtführung in dieser Woche ging in die Justizvollzugsanstalt der kleinen Stadt, die einen Einblick in die Knast-Strukturen geben wollte. Mit ambivalenten Gefühlen ging ich hin. Doch der Besuch hat sich gelohnt. Zum einen ermöglichte er eine kleine Charakterstudie über die Machtstrukturen im Gefängnis. „Ich hab erst mal eine geknallt gekriegt, als ich das erste Mal mit meinem Zimmergenossen allein in der Zelle war", wurde mir berichtet. Jedenfalls begann der Tag im Knast mit einer Messe. Die Gefangenen richteten sich dabei nach ihrem mutmaßlichen Leitwolf, ein im Vergleich nicht sonderlich muskulöser, eher drahtiger Mann. Stand er auf, folgten die anderen, fing er an die Musik zu beklatschen, taten es die restlichen Männer auch. Was mich aber viel mehr beschäftigte, war die Frage, wie das Älterwerden hinter Gittern funktioniert, das krank und hilfsbedürftig sein. Ich meine nicht die medizinische Versorgung auf der Krankenstation, sondern das alltägliche Leben mit krummem Buckel und schwacher Brust zwischen Mauern und Stacheldraht.

„Man kriegt hier alles, von Heroin bis Handy", sagte einer der Angestellten. Gesundheit jedoch kann man sich nicht kaufen, „Medikamente schon", sagte der Priester in seiner Predigt. Kurz zuvor hatten die Gottesdienstbesucher eines Gefangenen gedacht, der an einem Asthmaanfall starb. Im Gefängnis gibt's meiner kurzen Beobachtung nach kaum echte Freundschaft, aber „Bekannte kann man sich kaufen", so der Priester. Mit ihren langen grauen Zöpfen und verwaschenen Tätowierungen saßen die Alten unter den Gefangenen wie Relikte aus einer vergangenen Zeit zwischen den jungen, strammen Vertretern der neuen Unterwelt mit Gel in den Haaren und Oberarmen so dick wie Kinderschenkel. Laut Aussage eines Mannes mit Knasterfahrung überlebt hier, zumindest psychisch, nur, wer genügend Geld und körperliches Durchsetzungsvermögen hat. Ein wenig hilft den Verbrechern, wenn Bürger sich ihrer annehmen und Freizeit mit ihnen verbringen. Und wer weiß, vielleicht erleichtert das zumindest einigen der 700 Häftlinge in dieser Stadt, um die es geht, nach der Entlassung am Leben der Gesellschaft teilzunehme

Eine Betrachtung zum Thema Glücksspiel

Geld ist die Droge. „Ich ordnete alles dem Spiel unter. Ich hatte mich aus dem Leben zurückgezogen, ließ alles schleifen", berichtet Michael Park aus Busdorf (Name geändert). Der junge Mann ist zum Zeitpunkt der Recherche einer von geschätzten 2000 pathologischen Spielern in Schleswig-Holstein.

Der Gedanke, sich zu töten, war da. Park sah keinen Ausweg mehr. Seit er 12 Jahre alt war, nagt der Spielteufel an ihm. Der Metallbauer verlor seine Arbeit. Die Freundin, mit der er acht Jahre zusammen war, verließ ihn. „Im Nachhinein ist das gut gewesen. Das hat mir die Augen geöffnet, wie tief ich gesunken bin", sagt er. Zur Zeit unseres Gesprächs machte er eine Therapie in der Fachklinik Bredstedt: „Die Arbeit fängt nach der Entlassung an. Ich werde die nächsten Jahre sicher nicht für voll genommen, das Vertrauen muss ich mir erst wieder verdienen." Der Suchtdruck kann jederzeit zurückkommen. So wie 2006, als sein Vater starb. Zwei Jahre war er da schon spielfrei. Er verlor wieder die Kontrolle. „Wenn sich der Automat dreht, sind alle Sorgen und Nöte vergessen", sagt Michael Park.

Die Münzgräber haben sich weiterentwickelt, zum Nachteil der Spieler. Waren es vor über zwanzig Jahren mechanische Geräte mit drei Scheiben, die gestoppt werden konnten, sind es zur Zeit des Entstehens dieses Berichts perfekt ausgeklügelte Automaten. Bis zu 20 Euro für einen Durchlauf, der vier Sekunden dauert, können zu diesem Zeitpunkt gesetzt werden. Es sind Unterhaltungsautomaten, allerdings mit Gewinnmöglichkeit. In der Stunde konnten die Geräte der damaligen Generation bis zu 500 Euro ausspucken. „Es ist ein Teufelskreislauf. Die Schulden entstehen durchs Spielen. Und dann ist da immer die Hoffnung, den Jackpot zu knacken. Ich hörte aber nie auf, bis ich komplett blank war, selbst dann, wenn ich mehrere Tausend Euro gewonnen hatte." Nächtelang lag der Süchtige wach, grübelte und machte sich Vorwürfe.

Der Wechsel zwischen Verlust und Gewinn ist ein Faktor, der süchtiges Verhalten hervorruft. Bei Erregung schüttet das Gehirn den Transmitter Dopamin aus, verlässt der Spieler das Casino, fällt er in eine Depression. „Dadurch entsteht auch eine körperliche Abhängigkeit", erklärte ein Fachberater, der in Bredstedt süchtige Spieler behandelt. Der Suchtfaktor beim so genannten großen Spiel (Roulette, Poker, Baccara) unterscheide sich von dem der Automaten nicht.

80 Euro, so erklärte der damalige Geschäftsführer der Automatenwirtschaft, können (zum Zeitpunkt der Recherche) stündlich maximal in den Sand gesetzt werden. Doch die Realität sieht damals für die meisten Zocker anders aus: Monatsgehälter wurden binnen Stunden verspielt, Familien zerstört. Theoretisch zahlte ein Geldspielgerät 20 Prozent des Einsatzes aus – wenn der Spieler den Gewinn nicht riskierte, denn dann galt er als ausbezahlt. Einen volkswirtschaftlichen Schaden in unbekannter Höhe zieht die Sucht zudem nach sich. „An meinem schlimmsten Tag habe ich 1000 Euro verspielt. Im Minutentakt habe ich Geld bei der

Bank geholt oder direkt in der Spielhalle abgehoben", berichtet Michael Park.

Die Frage nach der moralischen Grenze stellt sich den Verbänden, Herstellern und Aufstellern dieser Geräte mutmaßlich nicht mehr. Merkur-Gaming mit dem Sonnensymbol als Markenzeichen brachte vor einigen Jahren den TeenStar auf den Markt, der die „Lücke zwischen Kinder- und Erwachsenenunterhaltung" schließen sollte. „Die äußere Ähnlichkeit mit den Geräten für über 18-Jährige ist nicht zu übersehen", sagte vor einigen Jahren Ilona Füchtenschnieder vom Fachverband Glückspielsucht in Herford. Die Produktreihe, so die damalige Merkur-Pressefrau, sei allerdings vom Markt genommen worden. Aus wirtschaftlichen Gründen.

An der Basis, in den Spielhallen müssen sich wohl lediglich die Kunden Gedanken um ihre Finanzen machen. „Das ist eine legale Mafia", sagt ein Angestellter in einer Spielothek, der den Spielern Geld wechselt. Die Automaten zu verbieten, brächte allerdings nichts, finden auch Suchtberater: „Dann würden sich Alternativen den Weg bahnen."

Die Lobbyarbeit der Automatenindustrie kann sich sehen lassen: Die Verbände sind auf so gut wie jedem Parteitag präsent, Abgeordnete aller Parteien posieren dann gerne mit Verbandsvertretern vor den Automaten für die Fotografen und freuen sich nach dem jährlichen Skat-Turnier im Bundestag über die langjährigen Aktivitäten der Branche im Spielerschutz.

Der Staat verdient mit. Beim großen Spiel hat er das Monopol, will private Wettanbieter vom Markt drängen und zudem zahlen die Automatenaufsteller pro Apparat Gebühren. Allein durch Totto, Lotto und Casinos nimmt der Bund im Jahr rund vier Milliarden Euro ein. Zusammen mit der Vergnügungssteuer für die Kommunen aus den gewerblich betriebenen Automaten liegen wir laut Suchtberatern bei gut fünf Milliarden. Zum Vergleich: Durch alkoholbezogene Steuern waren es zum selben Zeitpunkt mit etwas mehr als drei Milliarden Euro deutlich weniger Einnahmen.

Die Familie
Franz Rumperl hatte Bauchgrollen. Die Wäscherei hatte seinen Anzug nicht sauber gekriegt. Er war auf dem Weg zur Arbeit. Seine Hände fassten an die Theke. Er blickte auf das mit Blümchen verzierte Plastik, hob leicht die Augen und schickte sich an, die Verkäuferin ordentlich zurechtzuweisen. Die Frau schaute angewidert.

Vor ihr stand ein schlecht rasierter Mann, der ohne Frage in jüngster Zeit nicht viel Zeit zum Schlafen und zur Körperpflege hatte. Franz Rumperl roch nach Biomüll. Im letzten Moment beruhigte er sich, seine Kraft brauchte er für den Job. „Sie kennen mich nicht", hauchte er mit heiserer Stimme und nickte mit seinem Kopf auffordernd zu seiner linken Hand. Dort prangte der Siegelring der Familie. Schweigen. Rumperl war kein Mann großer Worte. Er hatte seinen Willen – und den bekam er; oder sein Gegenüber hatte zu sterben.

Dorian wird zum Mann

Die Luft hatte sich nicht abgekühlt. Der Mond war voll und fast schon orange. Franz Dorian lag auf der Decke seines Bettes. Seine Haut war von feinen Schweißperlen überzogen. Dorian fand in dieser Nacht einfach keine Ruhe. Sein Blick fixierte einen nicht existenten Punkt. Er war von der Wirklichkeit meilenweit entfernt. In gut einer Woche würde er zwanzig werden. Seine Gedanken kreisten um ihre braungebrannte, zarte Haut. Er dachte kurz daran, sie anzurufen. Dann kam ihm dieser Gedanke lächerlich vor. Sie würde ihn als Last empfinden. Heute Mittag hatte Dorian seiner Mutter Hustensaft aus der Apotheke geholt. An der Kasse fielen sie ihm sofort auf – Kondome in verschiedenen Geschmacksvariationen.

Er hatte sich nicht getraut, sie zu kaufen. Und er glaubte, dass die Verkäuferin gemerkt hatte, wie sich sein Gesicht verfärbte, als er sah, dass sie seinen Blick auf die Präservative bemerkt hatte. Bei ihrem letzten Treffen hatte seine Angebetete ihm unmissverständlich zu verstehen gegeben, dass sie Sex mit ihm will. Sie hatten sich geküsst, er durfte ihre Brüste streicheln. „Nächstes Mal bekommst du mich ganz", hatte sie geflüstert. Dorian hatte Angst. Er wollte es nur nicht zugeben. Seinen Freunden hatte er noch nichts erzählt. Sie würden ihn ohnehin nicht verstehen. Da war er sich sicher. Er versuchte sich an ihre erste Begegnung zu erinnern. Dorian fand sie gleich sexy. Aber so wirkten viele Frauen auf ihn. Sie freundeten sich sofort an. Der Altersunterschied war kein Hindernis.

Franz Dorian war aufgewühlt. Er entschloss sich, eine Zigarette zu rauchen. Morgen würde er sie wieder sehen. Seine 40-jährige Freundin. Beim Gedanken daran, überfiel ihn eine unendliche Geilheit. Er fasste sein Geschlecht an. „Das darfst du jetzt nicht tun", sprach er zu sich selber. Er wollte in keiner Weise beeinträchtigt sein, wenn er sie morgen wiedersah.

Ein Leben

Heute mache ich mir Sorgen darüber, dass es immer weniger Deutsche gibt. Ich rege mich bis ins Innerste auf, wenn die Kellnerin sich nicht akkurat innerhalb der Freundlichkeitsnormen verhält. Und darüber, dass Jugendliche an der Bushaltestelle laut sind und pöbeln. Dazwischen frage ich mich meistens, wie ich meine Miete bezahlen soll. Und wenn die bezahlt ist, woher ich Geld für Tabak bekomme. Meine Wohnung ist meinen Leistungen nicht angemessen. Die vorbeifahrenden Autos verbreiten von morgens bis abends solch einen Lärm, dass ich langsam Angst habe, den Verstand zu verlieren. Im Innenhof stapelt sich der Müll, Einkaufswagen stehen in langen Reihen.

Manchmal suchen Menschen Streit mit mir. Ich lasse mich nicht darauf ein. Nur wenn ich betrunken bin. Aber dann muss ich mir den Kampf am nächsten Morgen erzählen lassen. Ich selbst war nicht dabei. Zumindest nicht psychisch anwesend. Wenn ich zuschlagen würde, dann mit der Absicht zu töten. Da ich das nicht will, gehe ich Zoff aus dem Weg.

Ich war in der Legion. Nur ein paar Sommer zwar, aber die Zeit reichte, um mich tief zu prägen. Man sagt ja auch, wer einmal dabei war, ist es für immer. Es war eine Zeit, in der ich auf drei Dingen meinen Glauben aufbaute. Ich, Gott und

Vaterland. Auch damals wollte ich das Töten vermeiden. Es ging meistens. Ich liebte die klare Rollenverteilung zwischen Offizieren und Lakaien. Ich liebte diese Momente, einem erfahrenen Kämpfer in die Augen zu schauen. Ich liebte den Stolz. Ich liebte es zu wissen, dass es unverrückbare Werte gibt. Ich glaubte das.

Ich liebte es, die Gedanken meiner Gegner im Vorhinein zu wissen und auf Basis dieses Wissens zuzuschlagen.

Heute glaube ich nichts mehr. Höchstens, dass mich der alte Schnitter bald besucht. In Form eines Lungenkarzinoms etwa.

Früher hatte ich keine Angst vor ihm. Vor gar nichts eigentlich. Höchstens kurz vor einem Kampf. Jedenfalls hatte ich keine Furcht zu sterben. Ich fickte nächtelang, um dem Alten ein Schnippchen zu schlagen.

Wie ich dazu kam, der Legion beizutreten? Der Auslöser war, dass ich mich von meiner Familie abnabelte. Wir waren mächtig, einst. Die Menschen respektierten uns. Wir arbeiteten hart. Wir stritten hart. Wir waren angesehen. An Geld mangelte es nie. Die Familie hielt zusammen. Was sie heute machen, weiß ich nicht genau.

Ich sitze auf meinem Stuhl, rechne die Ausgaben für den Monat zig Mal durch und trinke ein Bier. Meistens werden es fünf, sechs. Ich halte mich manchmal an den Erinnerungen an die Legion fest. Meine neue Familie. Ich habe für sie viel aufgegeben, was mir dereinst lieb war. Freunde, Geliebte und Teile meiner Verwandtschaft.

Heute höre ich die Vögel nicht mehr zwitschern. Ich habe aufgehört, das Leben zu fühlen. Alkohol scheint zu helfen. Dann fühle ich zwar nicht die Urkraft, aber ich fühle, etwas zumindest.

Mein Husten ist mit den Jahren immer unbarmherziger geworden. Früher konnte ich über Wasser gehen.

Nun, ich sagte meiner Familie Lebewohl und zog los. Zuerst brachte ich ein heilloses Durcheinander in die Reihen meiner Lieben. Ich wollte nichts mehr zu tun haben mit dem Geschäft. Ich beleidigte meinen Vater und meine Mutter. Ich brachte Schande über sie. Über die Familie. Geschäft ist Geschäft. Dabei sollte es bleiben.

Ich machte Schulden. Ich ging ins Casino. Ich trank Champagner mit teuren Frauen. Die

Menschen respektierten mich, dachte ich. Und ich dachte, die Familie paukt dich schon raus.

Sie stellten mich wieder auf die Beine. Doch ich wollte auf meinen eigenen stehen. Dafür hackte ich ihre ab.

Süße Kindheit. Bittrer Alltag. Töten, um etwas zu bekommen. Töten um des Tötens Willens. Ich trat der Legion bei. Meine Familie verdiente Geld. Ich wurde persönlich.

Schnaps ist Schnaps.

Doch ich schweife ab. Ich will mir keine Vorwürfe mehr machen. Früher habe ich gesehen, wenn jemand in der Vergangenheit lebte. Heute tue ich es selber. Ich fühlte mich frei. Ich hatte dem Tod ins Gesicht gesehen. Es war kein schauerliches. Danach hatte ich keine Angst mehr. Ich liebte.

Früher hatte ich Lehrer. Dann kam die Zeit, in der ich keinen mehr fand. Es war niemand mehr da, der mir etwas hätte beibringen können. In dieser Zeit begann mein Niedergang. Seither ging es nur noch bergab.

Mein Lehrer

Heute habe ich Angst in der Nacht spazieren zu gehen. Ich sehe die Menschen. Doch ich kann nur das Schlechte sehen, sagte ich einst zu meinem Lehrer. Ich glaube, er sagte, ich solle in die Welt gehen. Es gäbe immer einen, der mehr wisse als ich. Ich habe keinen Lehrer mehr, sagte ich einst zu meinem Lehrer. Ich glaube, er fragte mich, was man tue, wenn die Ausbildung beendet ist. Lehre selbst, gehe zu den Menschen und lerne von ihnen, war der Schluss, den wir zogen, meine ich mich zu erinnern. Vorgestern habe ich meinen alten Lehrer nach über zweieinhalb Jahren wieder gesehen. Er klagte, dass er keinen Lehrer mehr habe, dass es niemand mehr gebe, der ihm etwas beibringen könne. Ich schaute ihn an und meinte verstohlen, vielleicht müsse er dann selbst ein Lehrer werden. Ich erinnerte mich erst jetzt wieder an unser früheres Gespräch.

Ich frage mich, wie ich im Lauf der Jahre geworden bin. Ich trage meine Last, doch meine Schultern sind müde geworden. Ich sehe die anderen Menschen nicht mehr. Ich sehe nur noch meine Sorgen. Ich will mich am liebsten betäuben. Vielleicht sollte ich mal wieder nachts spazieren gehen.

Gedanken an Josef (Ein Rest aus dem Bär)

Ich habe mich immer an die Regeln gehalten. Nicht geraucht, nie mehr als zwei Bier getrunken. Natürlich nie an Drogen nur gedacht. Ich bin kerngesund. Und mir ist langweilig. Nachts schreit mein jüngster Sohn, er zahnt gerade, was für ein Wunder. Mein Ältester geht jetzt in die 1. Klasse. Er ist anders als ich.

Er ähnelt eher Josef, meinem guten Freund. Nicht äußerlich, aber er hat diesen rebellischen Antrieb. Er interessiert sich, wenn er Menschen sieht, die rauchen. Ich war darüber schon immer verwundert, warum man sich selbst zerstören will. Ich mache mir trotzdem keine Sorgen um meinen Ältesten. Er erinnert mich an Josef, jeden Tag. Ich kenne den Weg meines besten Freundes, meines ungleichen Freundes, den ich seit der Grundschule kannte. Damals war er ein aufgewecktes, aufgeschlossenes und sensibles Kind. Das blieb er bis zuletzt, nur Grenzen einzuhalten, emotional und finanziell, das lernte er nie.

Er konnte sich nicht mehr ändern auf seine alten Tage, dachte er mit Mitte 30. Ich sagte ihm immer, dass wir jung sind und das beste des Lebens noch wartete. Josef schien fatalistisch, er sagte schon als Jugendlicher, dass er nicht viel älter als 30 werde. Vielleicht wartete auf mich das Beste des Lebens, Josef hatte es hinter sich, einerseits aus seinem

Blickwinkel. Oder fast ist es eher meiner. Eines Abends kam er bei mir vorbei, die Kinder hatte ich gerade ins Bett gebracht. Meine Nadine war in dieser Nacht mit einer Freundin in der Stadt. Nadine war die erste Frau, bei der ich in solchen Fällen nicht eifersüchtig war. Außer kleinen Flirts hatte ich nichts zu befürchten.

Ja, meine Frau verdreht bis heute vielen Männern den Kopf. Sie genießt es. Über verbales Anbandeln geht sie nie hinaus. Sie weiß, was sie an mir und den Kindern hat. Jedenfalls wollte Josef an diesem Abend weder Bier noch Kaffee annehmen. Er roch auch nicht nach Zigarettenrauch. Das fiel mir sofort auf. Wieder mal einer dieser radikalen Änderungen, die er sich vorgenommen hatte und niemals einhielt, niemals einhalten konnte. „Mit dem Rauchen muss ich jetzt langsam aufhören. Nachts schlafen mir immer die Finger ein, sie werden so taub, dass ich nichts mehr darin fühle.

Das macht mir Angst, es kann zwar auch dadurch kommen, dass ich immer die schweren Prospektbündel trage, aber das ist ja nur 16 Stunden einmal die Woche und daher eigentlich unwahrscheinlich. Hoffe stark, dass ich das schaffe aufzuhören. Aber das ist sauschwer, so schwer, wie du es als Nichtabhängiger gar nicht ganz verstehen kannst, fühlt sich so an, vielleicht ein passender Vergleich, wie wenn man dir Nadine wegnimmt und ins Gefängnis sperrt. Und das Gefühl bleibt über Wochen konstant gleich mies – es äußert sich in Gereiztheit, Schlaflosigkeit, Nervosität, Alpträumen", sagte Josef, der Akademiker, der Bücher und Fachartikel für angesehene Magazine schrieb.

Dann sprach der Josef, der tagelang nichts zu essen hatte außer trockenen Spaghetti, die er immer lagerte. Der Josef, der alle um Geld anschnorrte, um seine billige Bude zu bezahlen, die er anmietete obwohl er knapp 3000 Euro verdient hatte. Der Josef, der seine Arbeit verloren hatte, weil er sein Geld beim Glücksspiel verjubelte und jetzt Hartz IV bekam: „Und dann dieser Spieltrieb. Ich kann es dir nicht erklären, warum ich mir selbst die Lebensgrundlage entziehe, ist wahrscheinlich auch nicht mal wichtig. Muss es einfach ganz und für immer sein lassen, um Geld zu spielen. Die Situation ist sehr schlecht und kann demnach nur sehr langsam besser werden. Auch wenn ich weiß, dass sie besser werden wird, der lange Weg bis es soweit ist, der ist ätzend. Der Gedanke in mir ist, wenn ich nicht zocke und dennoch keinen Deut besser leben kann, kann ich ja gerade weiter machen. Absurd, weil die Situation ja nur wegen der Zockerei überhaupt so ist wie sie ist, vicious circle, ein Teufelskreislauf."

Es hat lange gedauert, bis Josef seine Situation erkannte. Und bis er sie ändern konnte, gingen wieder Jahre ins Land. Ich greife eine wenig vor, zu jenem Freitag gegen halb zwei morgens, als Kathrin einen sturzbetrunkenen Mann Anfang 30 auf den Treppenstufen einer Provinzdisco sitzen sah, der sich gerade klar darüber wurde, dass er sein Leben verpfuscht hatte, dass er den Tiefpunkt erreicht hatte. Den tiefsten Punkt eines Lebens, das aus Arbeit für Glücksspiel und Alkohol besteht. Er dachte, dass er ein verkorkstes Arschloch ist, das einen Scheiß auf seine Gefühle gibt, und auf die der anderen noch viel weniger. Schleim lief aus seiner Nase. Er wischte die Tränen ab. Leere füllte ihn aus. Tief gedemütigt, und doch nicht in der Lage, zu erkennen warum eigentlich genau, senkte er seinen Kopf. Seine Krawatte schwankte halb aufgeknöpft über dem mit Rotwein befleckten weißen Hemd. „Nein, so geht's nicht mehr weiter", ging es ihm durch den Kopf. Er torkelte nach draußen: „Nur heim". Kathrin sah, wie ich auf ihn zuging, um ihn in den Arm zu nehmen. Sie sah mich in Tränen ausbrechen.

Dieser Mann war Josef, mein bester Freund und er wird es immer bleiben. Josef ist schon immer sehr wortgewandt gewesen. Als Kind legte er Wert darauf, dass andere ihn intelligent empfanden. Er versuchte nach seinem ersten Schultag ein Buch über sein Leben anzufangen, merkte aber schnell, dass nicht genug passiert war in seinem Leben. Bis dahin. Das sollte sich ändern. Ich sage, er hat sich verloren auf dem Weg auf der Suche nach Eindrücken. Josef hat sich stets gewehrt, so zu werden wie die anderen. Er suchte seinen ganz eigenen, persönlichen Weg. „Alles oder nichts", war sein Motto als er 17 Jahre alt war. Später berief er sich darauf, dass das Leben eines Wüstlings der schnellste Weg zum Heiligen ist. Denn das wollte er bis zum Ende. Er wollte anerkannt sein, als guter Mensch erkannt werden, von der Gesellschaft, die er zu hassen angefangen hatte. Dass manche es taten, das genügte ihm nicht. So kam er meiner Meinung nach in diesen Teufelskreis hinein. Den aus Alkohol, Herumtreiberei, Glücksspiel und schnellen, heftigen Affären.

Nein, Josef würde nicht sagen, dass ich für ihn zu hohe moralische Ansprüche anlege. Er selbst setzte die Messlatte noch höher vor. Heilig wollte er sein, und war gleichzeitig Spieler, Hallodri und genoss es nicht – gelinde gesagt. Er hasste und geißelte sich dafür. Das ging bis er Mitte 30 war. Immer mehr erkannte er, wo sich der Weg gegabelt hätte, welche Abfahrten er versäumt hatte zu nehmen. Hätte, wenn und aber gilt nicht, sagte er. Trotz sprach dann aus seinen Worten. Doch ich sah ihm an, dass es ihn grämte. Mehrmals hat er sich eindeutig anders entschieden als er wollte. Er traf liebe Frauen, die er nicht erkannte. Er nahm sich die Hallodri-Frauen, weil er sich selbst so gesehen hatte. Ehrlich, ich kann ihn dennoch verstehen. Die Umstände waren nicht gut für ihn. Und er wusste das, nahm es aber niemals als Ausrede. Wie gesagt, er hatte eine sehr hohe moralische Messlatte. Bis zuletzt.

Ich legte ihm die Hand auf die Schulter und sagte, er solle zum Tanzen kommen. Das würde ihn auf andere Gedanken bringen. Gleichzeitig fragte ich mich, ob es nicht besser wäre, Josef heimziehen zu lassen, weg aus der Disco voller Trubel. Doch ich sah, wie Kathrin Josef anschaute, mitleidig und doch sehr interessiert. Ich wusste, sie sieht den Josef, den ich sehe. Den guten, den hellen Josef. Er torkelte auf die Tanzfläche, senkte den Kopf und bewegte sich mit einer Leichtigkeit, die ihm in seinem Zustand kaum einer zugetraut hätte.

Kathrin kam zu mir und stellte sich vor. Ich freute mich, dass sie den Weg gefunden hatte zu Josef – über mich.

„Er tanzt wie ein Bär. Wie einer, der voller Energie ist, die aber nicht rauslässt. So als ob er alles in sich unterdrücken würde. Bei aller Frische und Wildheit, die sein Tanzstil ausdrückt etwas unbeweglich und tapsig. Aber süß", sagte Kathrin. Sie hatte Josef schnell durchschaut. Wofür ich Jahre brauchte, das schaffte sie an einem Abend. Ja, er war ein Bär, der alles tat, um nicht verletzt zu werden. Der sich hinter seiner Ersatzliebe Alkohol versteckte, keine Liebe zulässt. Einer der sagt, er liebe den Alkohol, mehr vielleicht noch als die Frauen. Auf seiner dunklen Seite ein Versager. Seine Krawatte schwankte über dem halb aufgeknöpften, mit Rotwein befleckten Hemd. Mir kamen fast wieder die Tränen, als ich sah, wie Kathrin auf ihn zuging und als ich hörte, was sie sagte als er zurückkam zu mir an den Rand der Tanzfläche.

„Bist du der Josef?" Er schaute verdutzt: „Ja". „Kennst du Wanja?" Wieder bejahte Josef. „Kennst du Marianne, die wir Majanne nannten?" Josef bekam immer größere Augen. Kathrin fragte noch ein paar Details und sagte dann: „Ja, du bist der Josef, den ich gesucht habe. Kannst du mir versichern, dass du es auch bist?" Josef lachte: „Wie soll ich beweisen, dass ich ich bin. Ich bin schon ich." Das ist jetzt kein Schmäh, genau so ist es passiert an diesem Freitagabend. „Wir kennen uns aus Bexbach. Ich bin Kathrin." Josef konnte mit dem Namen offensichtlich nicht viel anfangen. „Ich erinnere mich an nichts mehr, was in Bexbach passiert ist. Damals haben meine Depressionen angefangen. Ich habe keine Erinnerung." Ich habe es noch niemals erlebt, dass Josef so offen mit einer Frau über seine Krankheit sprach. Und dann auch noch am ersten Abend. „Ich habe dich gesucht", sagte Kathrin: „Ich habe dein Gesicht gesehen in anderen Männern und sie angelächelt. Doch sie waren nicht du. Die haben mich wahrscheinlich für komplett verrückt gehalten. Und jetzt habe ich dich gefunden." Josef war mit mir in Bexbach auf der Grundschule. Damals war er, wie gesagt, ein kleiner Engel. Heute hatten ihn Psychopharmaka und Alkohol etwas aufgedunsen gemacht. „Ich sehe den kleinen Jungen", sagte Kathrin. Was folgte war eine Nacht, die ein einziger Flirt war. Sie küssten sich nicht, sie fassten sich kaum an. Sie sprachen. Und das intensiv. So sehr, dass mir Josef am nächsten Tag sagte, er habe sich seit seiner Jugend nicht mehr so lebendig und froh gefühlt. Ich ging nach Hause, kurz nachdem sich die beiden kennen gelernt hatten. Das Letzte, was ich sah, war, dass Josef feuchte Augen hatte, nachdem Katrin ihm von ihrer gemeinsamen Vergangenheit berichtet hatte. Josef nahm den Bus um 8.30 Uhr.

Josef hatte den Kampf gegen seine Dämonen aufgenommen. Oder vielleicht hatte er nie aufgehört zu kämpfen. Auf jeden Fall bekam er an diesem Abend die Waffe an die Hand, mit der er eine, wenn auch kleine Chance hatte, den Teufel in ihm zu besiegen.

Vor der Abreise

Nächtelang hatte Martin Kuhn an seinen Abschiedsbriefen gefeilt. Er hatte sich alle Einzelheiten detailgenau ausgemalt. Seine Leiche würde nie gefunden werden. Alle würden trauern und ihn vermissen. Aber der Schmerz würde vergehen. Sie würden zur Tagesordnung übergehen. Und er, er würde durch die Welt ziehen. Irgendwann würde er zurückkommen, vielleicht. Die Stunden vergingen schnell, wenn Kuhn seinen Phantasien nachhing. Er spielte jede Sekunde durch. Am Bankschalter würde er sein ganzes Geld abheben, er würde die Briefe schreiben und sein Testament, dann würde er das Nötigste in einen Rucksack packen, mit dem Fahrrad zum Bahnhof und den erstbesten Zug nehmen. Er hatte gut und gerne zwölftausend Euro gespart, die würden die erste Zeit reichen. Dann wollte er noch sein Auto verkaufen. Vielleicht noch ein kleiner Kredit. Dann müsste er schauen, wo er arbeiten kann. Seinen Pass würde er mitnehmen.

Er hörte die Rufe seines Herzens. Er würde folgen. Sobald sein nächstes Gehalt auf seinem Konto sein würde, würde er verschwinden. Martin Kuhn war aufgeregt. In dieser Septembernacht beschloss er, seinen lang gehegten Plan endlich in die Tat umzusetzen. Er war beinahe hysterisch. Noch zehn Tage musste er in der Zigarettenfabrik schuften. Dann war alles vorbei. Gleich am nächsten Tag wollte er die Abschiedsbriefe schreiben.

Der Wecker rasselte schrill und blechern. Kuhn legte sich sein Kopfkissen über den Kopf. Mit einem Arm fingerte er nach dem Ruhestörer, doch er erwischte nicht den richtigen Knopf. Der Wecker fiel zu Boden und füllte Kuhns Schlafzimmer unerbittlich weiter mit Sperrfeuer aus grellen Tönen. Kuhn war 25 Jahre alt. Er war ein untersetzter Mann mit Haar, das keinen Zweifel ließ, dass Kuhn in wenigen Jahren eine kahle Stirn zu erwarten hatte. Jetzt stöhnte er laut auf und fluchte vor sich hin. Er mochte die Abende lieber. Offiziell hatte er von diesem Moment an noch 243 Stunden und elf Minuten zu leben. An diesem Morgen war das keine Nachricht, die Kuhn aufgeregt hätte. Es gab morgens nichts für Kuhn, dass wichtig genug war, sich damit weitergehend zu befassen. Er setzte einen Fuß aus dem Bett, warf die Decke hinter sich und stand auf. Zusammengekauert saß er da und versuchte, seinen Verstand zu überlisten. „Auf geht's, auch der Tag geht vorbei", sprach er sich Mut zu, als er in die Küche ging, um Kaffee zu brühen.

Meistens schaffte er es nicht, mit der ersten Zigarette zu warten, bis der schwarze Lebensspender fertig war. So auch an diesem Morgen. Er inhalierte gierig von seiner Selbstgedrehten. Er dachte an den Tag, der vor ihm lag. Ihm wurde schlecht. Bis zum Nachmittag musste er in der stickigen Fabrikhalle schuften. Dann würde der Tag etwas besser werden. Mit ein paar Bieren würde er ihn schon zu Ende bringen. Dieser Gedanke beruhigte Kuhn ein wenig. Doch vor dem Bier lagen unendlich lange acht Stunden. Da fiel Kuhn die letzte Nacht ein. „Ja, verdammt, das werde ich tun", sagte er. Er schnappte sich den Kalender und machte ein dickes Kreuz auf das heutige Datum. Noch zehn zähe Tage. Zufrieden schaute er das Blatt Papier an. Lange musste er nicht mehr kämpfen. Er legte den Stift weg und trank den Rest Kaffee in einem Zug. Auf dem Weg zur Fabrik wollte er noch schnell eine Anzeige aufgeben, um sein Auto zu verkaufen. Und was sollte es schon ausmachen, wenn er einmal zu spät kam? Jetzt, wo ohnehin der Abschied nahte. Kuhn war bisher noch immer pünktlich erschienen. Seine Augen zuckten unruhig. Hastig schwang er sich auf sein Rad, um in die Stadt zu fahren. Doch er nahm wohl die falsche Richtung. Er kam tief in den Wald hinein.

Die Reise

Der Mann mit dem weißen Bart stand kerzengerade. Gut zwei Meter war er groß. Er kam nicht bis zum Gartenzaun. Scheu schaute er Kuhn mit seinen hellblauen, glänzenden Augen an. Ein Blick, der durch und durch ging. „Könnte ich vielleicht etwas Wasser haben. Ich bin auf der Wanderschaft und mich dürstet", fragte Kuhn. Er trug leichte Kleidung. Die Sonne brannte sengend auf die beiden hernieder. Der alte Mann nahm die Flasche aus Kuhn Hand und füllte sie an seinem Brunnen. Er lächelte. „Das ist das beste Wasser hier weit und breit". Sprachs und übergab das Gefäß. Kuhn bedankte sich und wollte schon wieder gehen, als der Mann plötzlich sehr ernst schaute.

„Pass auf dich auf, es warten große Ereignisse auf dich". Kuhn verstand nicht. Er war auf der Walz. Da war er es gewohnt, dass die ungewöhnlichsten Sachen passierten. Zwei Jahre war er jetzt schon unterwegs. Alles hatte immer geklappt. Er musste noch nie frieren. Wurde noch nie nachts von Regen überrascht. Es lief perfekt. Doch beim Anblick des Mannes wurde er hellhörig. Es war ein Zauber, der diese Person umgab. Die Augen waren wie zwei Sterne. Kuhn überlegte. Schließlich nickte er und ging. Auf dem Weg durch die Schrebergarten-Anlage hörte er wie ein stetes Klopfen aus der Hütte des alten Mannes hinter ihm schallte. Auch aus anderen Hütten hörte er es Hämmern. „Hunde müssen angeleint werden. Handkarren erlaubt", stand auf einem Hinweisschild. Alles das kam Kuhn seltsam vor. Er ging den gewundenen Weg, der in den Wald führte. Die Erschöpfung übermannte ihn an einer Lichtung. Mit Blick auf eine mächtige Eiche schlug er sein bescheidenes Lager auf. Es prangte eine Holztafel an dem Baum. „Wunscheiche" stand darauf. Kuhn wollte nicht allzu lange darüber nachdenken und schlief ein.

Die Umgebung war neblig, das Zentrum seines Blickfeldes war klar. Aus dem Dunst schritt ein junger Bursch in einer weiten grünen Stoffhose bis zur Wade auf ihn zu. Seine Schuhe waren aus weichem, beigem Leder. „Kuhn, du bist vom Menschengeschlecht der Auserwählte als erster nach vielen Hundert Jahren wieder die Wahrheit zu erfahren. Ihr seid nicht allein auf dieser Welt. Zwerge, Elfen und Kobolde leben hier mitten unter euch. Nur ihr denkt, dass euch die Welt gehört. Wir sind die, die das Zepter in der Hand halten. Du bist bestimmt, eine lange Reise zu unternehmen, um herauszufinden, was für Geheimnisse die Welt bereithält. Die Entscheidung liegt bei dir. Wisse, dass dein Weg unter einem günstigen Stern steht. Die Zwerge sind dir wohl gesonnen. Sei dir bewusst, was das für ein Glück für dich ist." Kuhn wollte antworten. Fragen stellen. Doch er konnte seinen Mund nicht befehligen. Da verlor sich die Erscheinung des Burschen mit seinem blonden Topfschnitt unter dem spitze, lange Ohren hervorlugten, schon wieder im Dunst.

Kuhn schlug die Augen auf und war hellwach wie lange nicht mehr. „Was für ein ungewöhnlicher Traum", murmelte er und starrte auf seine Füße. In seinem Bündel fand er noch etwas Brot und kaltes Fleisch, das er zügig verzehrte. Aus dem Wald kamen kreischende Stimmen an sein Ohr gedrungen. Es raschelte wie verrückt. Kuhn fühlte sich nicht sicher. Ein Gefühl drängte ihn zurück zu dem Schrebergarten. Er wollte unter Menschen sein. Der Traum hatte ihn seltsam aufgewühlt. Er ließ ihn nicht mehr los.

Hastig ging er die Anhöhe hinunter. Ihm fiel ein Haus auf, das er zuvor übersehen haben musste. Ein verwinkeltes, kleines Fachwerkgebäude. Gerade zweimal so hoch wie er selbst. Er überlegte, ob er hier nicht um Herberge bitten solle. „Hier nicht", hörte er es in seinem Kopf hallen. Kuhn fühlte sich mehr als unbehaglich in der Nähe dieses Häuschens. Er fing an zu rennen. Nach ein paar Hundert Metern wagte er den Blick zurück. Eine gebeugte Frau mit rotem Kopftuch stand in der Türe und winkte ihm zu. „Komm doch her", krächzte es zu ihm herüber. Panik überfiel ihn. Er drehte sich schnell um. Kurz darauf war er auch schon wieder bei dem Schrebergarten. Er fühlte sich wohl und behütet. Keine Menschenseele war in den Gärten zu sehen. Er ging dennoch durch die Anlage hindurch. Immerhin war das beständige Klopfen ein Zeichen, dass irgendwo Menschen sein mussten. Der alte Mann würde ihn sicher nicht abweisen für eine Nacht. „Wie wird mir das gut tun, mal wieder in einem weichen Bett zu nächtigen", dachte Kuhn. Als er zur Hütte des Alten kam, stand der schon in der Türe und winkte ihn herbei. „Es ist ohnehin Zeit für Feierabend. Komm herbei und sei mir willkommen.", sagte der Großgewachsene und rieb sich Erde von den Händen. „Arbeiten Sie hier, was tun Sie denn", wollte Kuhn neugierig wissen. „Deine Dreistigkeit sei dir vergeben. Ich suche nach Schätzen und Edelmetallen in der Erde", sagte der Mann mit seinem einnehmenden Grinsen.

Als sich Kuhn an den gedeckten Tisch setzte, hatte er schon wieder vergessen, dass es ihm nicht den Sinn wollte, dass jemand in einem Schrebergarten nach Gold grub. Er ließ es sich schmecken. „Willst du nicht wissen, wer ich bin", fragte der Alte. „Doch, wer sind Sie und warum wohnen Sie in einer Gartenanlage", sagte Kuhn zwischen zwei Bissen. Das Essen war lecker. Gerne hätte er noch ein Bier getrunken, doch auch der Traubensaft war nicht zu verachten. „Was denkst du denn", wurde er gefragt. Sein Blick fiel unfreiwillig in den Garten und er blickte auf einen Gartenzwerg mit roter Zipfelmütze, der einen Karren vor sich herschob. Er blickte den Alten an. Der schien sich köstlich zu amüsieren. „Das, mein Guter, ist die Tarnung, die wir für euch entwickelt haben."

Kuhn fühlte ein Kribbeln in seinen Eingeweiden. Konnte dieser Traum mehr gewesen sein als ein Traum? „Was wollen Sie mir damit sagen", stammelte er. „Na, du verstehst schon, ich bin ein Zwerg." Kuhn verschluckte sich beinahe. „Aber Ihre Körpergröße...", wollte er anfangen. Doch der Alte unterbrach ihn. „Weißt du, ihr Menschen seid schon leicht zu täuschen. Da muss nur ein Zwerg mal klein sein und schon denkt ihr über Jahrtausende hinweg, dass wir alle klein sind. Im Gegenteil, wir sind alle groß und kräftig. Eine stolze Rasse. Nur ein paar missgebildete Zwerge sind kleinwüchsig. Und diese Verstoßenen haben einige von euch des Nachts umherirren gesehen. So entstand die Mär vom kleinen Zwerg." Kuhn war baff. „Und warum, warum bekomme ich diese Nachrichten erzählt", wollte er wissen: „Warum ich?" „Eine sehr menschliche Frage", meinte der Zwerg, „aber ich will sie dir beantworten, soweit ich kann. Viel zu erklären gibt es allerdings nicht. Du sollst weiterhin reisen und du wirst Dinge erfahren, die du dir nicht in deinen wildesten Träumen ausdenken kannst. Du sollst alles in Erinnerung behalten und nach deiner Rückkehr deinesgleichen berichten. Und warum du ausgewählt wurdest. Nun, wir haben jemanden gebraucht. Deswegen." Der Alte lehnte sich zurück und atmete tief aus. „So, es ist Zeit für dich zu gehen."

Kuhn war nicht erfreut. Er hatte sich so auf eine Nacht in einem weichen Bett gefreut. Zudem war er natürlich von der Erzählung des Zwerges dermaßen in Konfusion geraten, dass er es sich beim besten Willen nicht vorstellen konnte, die Nacht unter freiem Himmel zu verbringen. „Du gehst den Weg durch eure Stadt hier in der Nähe, dann wählst du den linken Pfad hinauf auf den Aussichtspunkt. Dort wirst du warten. Und dich dann entscheiden", erklärte der Zwerg. „Zwischen was", sagte Kuhn. „Das wirst du dann sehen. Es werden weitere Überraschungen auf dich warten. Wir, die Zwerge, Elfen und Kobolde, sind nur die Vermittler. Jemand anders wird dich vor die Wahl stellen." Jetzt war der arme Kuhn völlig durcheinander. „Wer wird mich vor welche Wahl stellen?" Der Alte hieß ihn, Geduld zu haben und bitte jetzt zu gehen. So verließ Kuhn den Zwerg und machte sich auf den Weg, wie er ihm beschrieben worden war.

Es waren noch Leute dort oben. Eine Gaststätte stand dort. Kuhn war es unwohl. Er überlegte, ob er sich jemandem anvertrauen sollte oder die Polizei benachrichtigen sollte. Diese Gedanken verwarf er aber schnell. Sie würden ihn für völlig durchgedreht halten, wenn er das erzählen würde, was er heute erlebt und erfahren hatte. So versuchte er, etwas Ruhe zu finden. Doch der Schlaf wollte nicht kommen. Er lag auf dem Rücken und schaute in den Himmel. Was würde auf ihn warten? Von hier oben konnte er die Lichter der Stadt sehen. Was würden ihre Einwohner wohl sagen, wenn sie wüssten, was Kuhn wusste? Er war aufgewühlt wie nie zuvor in seinem Leben.

Gegen 1 Uhr morgens war der Aussichtspunkt fast verlassen. Nur eine Horde Jugendlicher grölte noch herum und ein Liebespaar lag unweit von Kuhn im Gras. Die Nacht war nicht kalt, im Gegenteil die Hitze des Tages hatte fast nicht abgenommen. Es war ein unglaublich heißer Sommer. Kuhn hatte sich gerade wieder beruhigt und war mittlerweile so weit, zu glauben, dass er sich den ganzen Tag nur eingebildet hatte. Oder dass er träumte. Oder er hatte irgendetwas Giftiges gegessen. Er kam zu keinem Schluss. Er wusste nur, dass ihm sein Verstand heute einen großen Streich gespielt haben musste. Gerade dann fingen die Jugendlichen an, über ihn zu reden. Dass er bestimmt ein Penner sei und dass sie ihm schon Manieren beibringen würden. Kuhn hatte Angst. Sie waren zu fünft. Griffen sie ihn an, hätte er keine Chance. Nach einer Weile des Diskutierens kam die Gruppe hinunter zu seinem Ruheplatz. Sie platzierten sich in ein paar Metern Entfernung und beleidigten ihn.

Da hörte Kuhn eine Stimme in seinem Kopf. Sie sagte: „Wir werden dir jetzt für einen kurzen Moment die Macht geben, die wir besitzen. Sie wird nur ein Vorgeschmack sein auf das, was dich erwartet, wenn du dich entscheidest, mit uns zu kommen." Kuhn spürte, wie sein Herz klopfte. „Was geschieht nur mit mir", dachte er. Er merkte, wie sich das Verhalten der Jugendlichen änderte. Sie schienen eingeschüchtert. Kuhn stellte sich vor, wie er einen von ihnen am Arm packt und zu Boden reißt. Einer aus der Gruppe fiel sofort zu Boden und wand sich vor Schmerz. Kuhn dachte so intensiv wie er konnte: „Ich werde euch Leid zufügen, so viel Leid wie ihr noch nie erlebt habt." Er wusste, dass seine Gedanken in den Köpfen der Gruppe hallen würden wie Donner. Und tatsächlich. Die Jugendlichen schrien und rannten davon. Kuhn war verblüfft. Hatten Zwerge also solch eine Macht? „Normalerweise nutzen wir unsere Kraft nicht zu solch gewalttätigen Sachen, wir sind friedliebend", hörte Kuhn in seinem Kopf. „Wer seid ihr", dachte er, „warum höre ich euch?" „Bei uns kommunizieren wir nur auf diese Weise", hörte er.

„Wir sind Kommandant Bibelböck und Tara Block vom Planeten Gerschwin. Komm mit uns! Bist du bereit, die reine Liebe zu erfahren?" Kuhn spürte, wie sein Körper warm und behaglich wurde. Er drehte seinen Kopf. Dort war nur noch das Liebespaar. Unbeeindruckt lagen sie umschlungen im Gras. Er schaute noch mal hin. Doch er sah keinen Menschen mehr. Er sah ein überdimensionales Reh, das auf der Seite lag. Fasziniert schaute er. Dann rieb er sich ungläubig die Augen – und das Reh war verschwunden. Das Paar war wieder da. Die beiden standen auf und gingen in Richtung Wald. „Entscheide dich", hörte er. „Nein, ich bin noch nicht so weit", dachte er. Die beiden gingen. Er lag kurz da, dann rannte er dem Paar hinterher. Er musste wissen, was vor sich ging.

Sie drehten sich zu ihm um. Der Mann öffnete seinen Mund. „Um was geht's?" Kuhn schaute in seine Augen, sie sahen aus wie eine Galaxie, wie die Milchstraße, die er aus der Schule kannte. „Ich weiß es nicht", sagte er. „Nun", sagte die Frau und lächelte schöner als es sich ein Mensch vorstellen kann. Mehr wurde nicht gesagt. Dann gingen die beiden in den Wald hinein. Kuhn lief in ein paar Metern Abstand hinterher. „Du musst dich entschließen. Du wirst die Erde lange nicht mehr sehen, wenn du dich richtig entscheidest", hörte er. Er ließ sie gehen. Blieb zurück. Nach einigen Minuten folgte er ihnen doch wieder. Auf der Lichtung traf ihn fast der Schlag. Das Raumschiff war ungefähr so groß wie ein Auto und knallrot. Er klopfte und es wurde geöffnet. „Du wirst mehr erfahren als jeder andere Mensch zuvor und es anschließend verkünden", hörte er. Dann schlossen sich die Türen.

Bis heute ist Kuhn nicht zurückgekehrt. Sobald er es ist, wird er uns sicher allen berichten.

Kurzer Blick auf die Realität

Welten prallen aufeinander. Perspektivlose, zerrüttete, mittellose Menschen sind meist die Klientel der Job-Center. Sparzwänge, frustrierende Bedingungen und unzureichende Ausbildung lasten Kritikern zufolge auf vielen dortigen Mitarbeitern. Pauschale, häufig ungerechtfertigte Sanktionen sind in der Folge an der Tagesordnung.

Max Maier (Name geändert) arbeitete knapp drei Jahre in einem baden-württembergischen Job-Center. Er weiß, welchen Druck die Politik an die Mitarbeiter weitergibt: „Es war eine Katastrophe und wird immer schlimmer." Heute ist Maier als Rechtsanwalt auf Sozialrecht spezialisiert. „Ungefähr 90 Prozent meiner Rechtsbehelfe sind erfolgreich", sagt er. Insgesamt halten viele der Bescheide einer Überprüfung nicht stand. So waren in einem einzigen Jahr von den eingelegten Widersprüchen gegen Sanktionen schon 41 Prozent erfolgreich, von den eingereichten Klagen sogar 65 Prozent.

Die Höhe der fehlerhaften Bescheide liegt unter anderem an unzureichender Ausbildung der ARGE-Mitarbeiter, sagt ein Vertreter der Diakonie: „Teils werden Beamte und Angestellte in die Jobcenter gesetzt, die aus ganz anderen Berufen kommen. Mit der sozialen Arbeit sind sie logischerweise überfordert." Ein Stück weit werde die Sanktionspraxis von der Politik vorgegeben. Man müsse auch davon ausgehen, dass Mitarbeiter in einigen Jobcentern nach ihrer Sparsamkeit bewertet werden: „Offiziell gibt es so etwas natürlich nicht, aber immerhin sind die Sanktionsquoten auch eine Kennzahl im Vergleich zwischen den Job-Center."

Die damalige Landesarbeitsministerin Baden-Württembergs sagte, dass darüber im Ministerium „keine Erkenntnisse vorliegen". Zudem lägen „keine Nachweise vor, dass Sanktionen oft zu Unrecht verhängt werden". Zum Fördern gehöre außerdem zwingend auch das Fordern, deshalb könne im Einzelfall auf eine Sanktion nicht verzichtet werden.

„Wir sind vom Bund angehalten, sparsam mit den Steuergeldern umzugehen. Der Hebel dazu ist, die Menschen in Arbeit zu bringen und nicht die Sanktionen", sagte der Sprecher der Bundesagentur für Arbeit. Die Bedingungen fürs Personal in den Job-Centern sind laut Wohlfahrtsverbänden wie der Diakonie schwierig. Hohe Fluktuation, befristete Verträge, unzureichende Ausbildung herrschten dort. Da sei es verständlich, sagt Maier, dass sich in den Job-Centern nur wenig Personal mit dem SGB II auskenne.

Paragrafenwürmer, unklare Zuständigkeiten: Das deutsche Sozialrecht mit seinen zwölf Büchern ist kompliziert, schwer verständlich und mit der Realität vieler Menschen nicht kompatibel. Ohne Anwalt landen die Menschen oft in einer Sackgasse. Doch Juristen sind auf diesem Gebiet rar gesät, bestätigt Max Maier: „Das ist ein

Nebenkriegsschauplatz, weil die Materie so kompliziert ist, dass selbst Fachleute häufig nicht durchblicken."

Kurzfristig helfen kann ein Anwalt nicht. „Deeskalation ist nicht unbedingt gefragt", sagt Maier. Anders als im alten Sozialrecht, das vorsah, Sanktionen pädagogisch einzusetzen und sie Sachbearbeiter gegebenenfalls zurückzuziehen konnten, haben Widersprüche gegen Sanktionen keine aufschiebende Wirkung mehr im SGB II. So sah damals die Evangelische Obdachlosenhilfe in Deutschland den Anstieg der Wohnungslosigkeit bei der Gruppe der Unter-25-Jährigen eng mit den Sanktionen im Rahmen der Hartz-IV-Maßnahmen verbunden. Schon wegen kleiner Verstöße wie versäumten Meldeterminen würden Sanktionen verhängt. Sie reichen von der Kürzung des Regelsatzes um zehn Prozent bis hin zur Streichung des gesamten ALG II für drei Monate.

Die Diakonie forderte bereits mehrfach, dass Sanktionen gegen Hartz-IV-Empfänger sofort ausgesetzt werden müssen. „Die oft zu Unrecht verhängten Sanktionen führen bei den Betroffenen dazu, dass sie zeitweise unterhalb des Existenzminimums leben müssen", sagte eine hochrangiger Vertreter der Diakonie. Da die Politik es versäumt habe, rechtzeitig eine bürgerfreundliche und verfassungskonforme Zuständigkeit für Hartz-IV-Empfänger zu regeln, würden sich die altgedienten, qualifizierten Mitarbeiter häufig nach neuer Arbeit umsehen und seien stark verunsichert.

„Eine hohe Fluktuation und befristete Anstellungsverhältnisse sind einer guten Integrationsarbeit abträglich", sagte auch die damals zuständige Ministerin. Aus ihrer Sicht resultierte die hohe Fluktuation vor allem aus der ungewissen Zukunft der Job-Center: „Das ist nun mit der Neuorganisation in gemeinsamen Einrichtungen geklärt. Damit dürfte sich die Flucht aus den Job-Centern, insbesondere auch bei den kommunalen Mitarbeitern, deutlich verringern."

Meine Oma
Kinder brauchen Großeltern – was mir meine Oma bedeutet(e): Nun folgen ein paar verschiedene kleine Geschichten über meine mittlerweile leider verstorbene Großmama.

Meine Oma ist Bäuerin. Auch heute mit ihren 81 Jahren ist sie auf dem Hof noch immer unersetzlich. Sie führt den Haushalt, kümmert sich um die Kälber und füttert ihre Hühner. Zwar kann sie nach einem Herzinfarkt und einem Leben voller Arbeit nicht mehr so gut wie früher zulangen, sie ist jedoch noch fit. Doch nicht nur ihre Arbeitskraft setzte sie ihr ganzes Leben zu 100 Prozent ein. Sie schenkte ihren Kindern und uns Enkeln mit ihrer Güte und Liebe unendlich viel mehr als mit Geld aufzuwiegen wäre. Sie konnte, und kann es immer noch, streng sein. Dabei findet sie aber immer den richtigen Ton, um ihre Enkel und Kinder auf den richtigen Weg zu bringen.

Mit meinen Eltern wohnte ich als Kind im Nebenhaus des Hofs. Allerdings verbrachte ich fast die Hälfte meiner Kindheit bei meiner Großmutter. Als Baby badete sie mich, während der Schulzeit aß ich bei ihr und sie half mir bei den Hausaufgaben. Meine Eltern arbeiteten. Zudem hatte Oma damals schon einen Fernseher; einmal die Woche durfte ich mir Bonanza anschauen.

Unsere Familienbande waren ohnehin schon immer sehr stark. Stellte mich mein Vater vor die Wahl, in den Kindergarten zu gehen oder mit ihm Viehfutter zu besorgen und anschließend in Omas Küche zu warten, bis meine Mutter von der Erzieherschule kam, brauchte ich nicht lange zu überlegen. Auch in schlechten Tagen war mir meine Großmutter immer ein Halt. Als sich meine Eltern vor gut 20 Jahren trennten, war sie es, die mich am meisten tröstete und mir Mut machte. Und auch ich stand ihr bei. Als ich ungefähr zweieinhalb Jahre alt war, starb mein Tante. Ich saß dann auf Omas Schoß und sie weinte. „Weine nicht, Oma, die Rita ist jetzt im Himmel", sagte ich zu ihr. Auch wenn ich heute etwas skeptischer bin, ob es den Himmel in der Form gibt, wie ich ihn mir als Kind vorstellte, weiß ich doch, dass die Gebete meiner Oma nützen. In dunklen Stunden oder vor wichtigen Aufgaben sagt sie mir: „Ich bete für Dich". Das freut mich ungeheuer.

Der Lattenrost

Eine Stunde hing Oma zwischen dem Lattenrost. Als sie endlich befreit war, konnte sie schon wieder lachen. Auf der Backe eine rote Schwellung, berichtete sie, wie das Unglück sich zutrug. Ich hatte gerade das Haus verlassen, ein Onkel und der Cousin reparierten im Hof Maschinen. Just in dem Moment, als ich die Tür zuzog, muss es passiert sein. Oma wollte unter dem Bett putzen, beugte sich vor, um die Matratze heraus zu hieven. Sie rutschte ab. Kurz rief sie, niemand hörte und so fügte sie sich. Als nach einer Stunde zufällig ein Nachbar kam, hatte ihr Leiden endlich ein Ende.

Um 12 Uhr trudelten wir alle zum Essen ein. „Tut mir leid, jetzt seid ihr alle pünktlich und ich habe noch nichts gekocht", entschuldigte sich meine Großmutter. Uns allen wurde schlagartig ihr Alter wieder bewusst. 82 Jahre auf dem Buckel zu haben, macht das Leben nicht leichter. Sie scheint sich dessen ebenfalls nicht ganz bewusst zu sein. Ihre Kinder haben ihr ein tragbares Telefon geschenkt, das sie eben für solche Fälle immer bei sich tragen soll. Meist verzichtet sie darauf.

Oma steht mitten im Leben. Schnell kann der Tod jeden herausreißen. „Es geht nicht der Reihe nach", sagt mein Vater. Vor einigen Wochen starb einer meiner Onkel. Tränenreiche Tage. Ich war froh, dass mich Oma das Beten gelehrt hatte. Die Litanei und der schmerzhafte Rosenkranz beruhigten uns alle, die wir ihm die letzte Ehre erwiesen. Ich dachte während des Gottesdienstes oft an meine Großmutter. Wie sie vor gut 25 Jahren an meinem Bett saß und wir das Vaterunser samt Ave Maria für meine damals frisch verstorbene Tante sprachen.

Auch in diesem Jahr werden wir wieder alle unseren Alltag leben, arbeiten, uns um Kinder oder Enkel kümmern. Manch einer wird vielleicht wie Oma einen kleinen Unfall erleben. Andre werden geliebte Menschen verlieren und ebensolche dazugewinnen. Ich wünsche den Familien, dass sie weiter zusammenstehen, dass Gott, um mit dem Evangelisten Lukas zu sprechen, bei ihnen bleibt, wenn es Abend wird und der Tag sich neigt.

Oma und die Nachrichten

Bomben im Nahen Osten. Geiselnahme in Berlin. Amokläufer. „Wai oh wai", pflegte meine Oma zu hauchen, wenn schlechte Nachrichten im Fernsehen kamen. Großmutter schüttelte den Kopf und atmete tief aus. Sie hat selbst schlimme Zeiten erlebt. Nationalsozialismus, Krieg und Terror auf den Straßen sind mittlerweile aus Deutschland verschwunden. Doch die Generation meiner Oma weiß, was es bedeutet, sich nicht frei bewegen zu können. „Die wollten, dass wir uns mit Heil Hitler grüßen", sagt sie. Ihr Schmunzeln wirkt frech und aufmüpfig: „Das haben wir aber nicht gemacht." Das Rheinland, wo sie noch heute 81-jährig lebt, stand nach der Befreiung 1945 unter französischer Besatzung. Oma hat die Sprache in der Schule gelernt. Fast wäre sie Französischlehrerin geworden. Doch sie entschied sich zusammen mit meinem Großvater für den Schritt in die bäuerliche Selbständigkeit. Heute leiten freilich mein Onkel und einer meiner Cousins den Betrieb. Doch der stille Chef im Hintergrund ist und bleibt die „Um". Den Hof verlässt sie nur noch selten. Über das Geschehen im Dorf ist sie aber durch ihre Kunden, die immer Zeit für ein Schwätzchen mitbringen, bestens informiert. Und die politische Großwetterlage entreißt ihr auch jetzt noch so manches Stöhnen. Morgens um 6 Uhr bringt sie SWR 4 auf den neuesten Stand. Sie sitzt dann mit ihrer Lesebrille am Tisch im dämmrigen Licht der Küche und studiert nebenbei die Tageszeitung.

Dann beginnt der komplett mit Arbeit durchstrukturierte Tag. Unterbrach sie bis vor einigen Jahren die Beschäftigung abends für das heute-journal, döst sie heute meist schon bei der Landesschau. Manchmal wacht sie kurz auf und verfolgt die Nachrichten mit einem halben Auge. Dann sieht sie wieder das Böse in der Welt. „Die gewe nie Ruh'. Dat hört nit uff", meint sie. Ginge es nach ihr, würde es keine Bruderkriege mehr geben. Oma hat die Friedfertigkeit und die Gabe zur Vergebung eines Mahatma Gandhi. Auch wenn sie wahrscheinlich nicht weiß, dass er das Bibelzitat „Auge um Auge. Zahn um Zahn" folgendermaßen umgewandelt hat: „Ein Auge für ein Auge macht die ganze Welt blind."

Oma und Geburtstage

Vor ein paar Tagen ist meine Großmutter 82 Jahre alt geworden. Ihre fünf Kinder haben zusammengelegt und ihr eine Brille gekauft. Allein das war Oma schon unangenehm. Seit 20 Jahren hatte sie sich keine neue Lesebrille mehr gegönnt. Als dann eine meiner Tanten noch einen Staubsauger oben drauf legen wollte, gab es kein Halten mehr. Verschwendung sei das, und Geburtstage ohnehin nicht so wichtig.

Sie stammt aus einer Zeit, in der noch der Namenstag von Bedeutung war. Der Namenstag einer Person ist der Gedenktag des Heiligen, dessen Namen diese trägt. Er war und ist weiterhin in manchen Gegenden (besonders katholischen) wichtiger als der Geburtstag.

Jedenfalls hat sich Oma im Lauf der Jahre daran gewöhnt, einmal im Jahr geehrt zu werden. Bis vor einigen Jahren gab es aber nicht mal Kuchen zu ihrem Wiegenfest. Als ich einmal für ein paar Euro etwas Süßes besorgte, regte sie sich richtig auf. „So ein Gedöns." Ich war beleidigt. Seither steht jedes Jahr ein Kuchen auf dem Tisch.

Veränderung braucht Zeit. Aber sie schreitet voran. Im Haus meiner Oma zwar etwas langsamer als anderswo, doch im Endeffekt auch dort. Dabei hat der Verzicht aufs Feiern keine finanziellen Gründe. Wenngleich sich auch in diesem Bereich so manches seit dem Krieg nicht verändert hat. Das Licht etwa wird so lange nicht angeschaltet, bis man die Hand vor den Augen nicht mehr sieht. Der Holzofen, der das Duschwasser erhitzt, unter der Woche oft nicht angeworfen. Jeder Energieberater hätte seine wahre Freude. Zur Reminiszenz an vergangene Tage gehört auch der samstägliche Eintopf.

Sparen ja, knausern nein. Das ist eigentlich Omas Motto. Selbst wenn sie selbst wenig hatte, steckte sie mir früher hin und wieder einen Schein zu: Wohlwissend, dass er nicht in der Spardose landet. Elektrische und landwirtschaftliche Geräte kaufte sie mit Opa zusammen stets neu und in hoher Qualität.

Ich für meinen Teil versuche, den richtigen Mittelweg zwischen Geiz und Verschwendung zu finden. Zugegeben sei, dass mir das oft nicht gelingt. Der deutsche Filmproduzent Arthur Brauner hat einen Satz formuliert, der ziemlich gut Omas Einstellung zum Geld wiedergibt: „Sparsamkeit ist die Fähigkeit, Geld so auszugeben, dass es einem keine Freude bereitet."

Oma und das Essen
„Eingemachte Kellertüren mit Gamaschendreck". Das war die Standartantwort meiner Oma auf die Frage, was es denn morgen zum Essen geben würde. Es hat lange gedauert, bis ich durchschaute, dass das kein exotisches Gericht, sondern lediglich ein Spaß war. „Das weißt Du doch", sagte sie manchmal. Ich hätte es eigentlich wirklich ahnen können. Freitags ein Gericht ohne Fleisch, etwa Milchreis, samstags Eintopf, sonntags Kotelett samt Gemüse, Kartoffeln und

Pudding…am Speiseplan meiner Oma hat sich im Laufe der Jahre nicht viel geändert. Und das ist auch gut so.

Abends, zwischen Tagesschau, Bügelwäsche und dem Weckerrasseln um 4 Uhr, schälte sie einen Berg „Grumberre" für die gesammelte Mannschaft, die in den nächsten Tagen von der Feldarbeit mit Riesenkohldampf zum Mittagstisch kommen würde. Heute, knapp 30 Jahre später, ist meine Oma 81 Jahre; die Zahl der Kartoffeln ist ein bisschen kleiner geworden. Geschält müssen sie immer noch werden, und zwar in einer Geschwindigkeit, von der die meisten 20-Jährigen nur träumen können.

Auch als ich eingeschult war, hatte ich die Zusammenhänge zwischen Gericht und Wochentag nur bedingt durchschaut. Als ich eines Mittwochs vom Unterricht kam, roch es nach gebratenen Äpfeln, Teig und Gemüsesuppe im Haus meiner Großeltern. „Geil. Pfannekuche." Ich rief es, während ich die Tür in Windeseile ins Schloss fallen ließ. Das ist mittlerweile eine Anekdote, die mir meine Oma nach dem Motto „Weißt Du noch" erzählt. Ich habe es auch so nicht vergessen. Keiner kocht so gut wie meine Oma.

Meine Mutter liebt die Kochkünste ihrer Schwiegermutter genauso, besonders deren Suppen. Wenn ich aber als Kind mal für drei Wochen nur bei Oma aß, bekam Mama so langsam Sorgenfalten. „Du wirst mir zu dick", sagte sie dann. Ja, zu wenig gab und gibt es bei meiner Großmutter wirklich nie zu essen. Ob ich noch eine zweite Portion wolle, eine obligatorische Frage, die ich stets bejahte. Heute denke ich wegen meines eigenen fortschreitenden Alters, mit dem dazugehörigen Bäuchlein, etwas mehr darüber nach, mir den Teller von Oma nochmals voll machen zu lassen. Meist halte ich es mit Matthäus 26,41: „Der Geist ist willig, aber das Fleisch ist schwach."

Oma und Familienfeste

Zweimal hat sich Oma in ihrem 82-jährigen Leben bisher geschminkt, sagt sie. Am Weißen Sonntag saß sie um 9 Uhr in der Küche und ließ sich von der Nachbarin geduldig pudern. Nicht, dass sie es nötig hätte. „Deine Haut sieht noch aus wie vor 30 Jahren", stellte meine Mutter zur Begrüßung fest. Oma lachte ob der Schmeichelei. „Man kann sich nicht vorstellen, dass sie irgendwann mal stirbt, so frisch wie sie ist", meinte Mama später auf der Heimfahrt. Die letzte Reise aber bleibt keinem erspart. In Urlaub ist Oma im Übrigen noch nie gefahren. Wie auch? Jeden Tag musste das Vieh versorgt werden, selbst wenn auf dem Feld mal weniger zu tun war. Ich jedenfalls möchte kein Landwirt sein, hatte ich eine Woche vor der Kommunion zu ihr gesagt. Da half ich auf dem Hof aus, weil mein Onkel kurzfristig ins Krankenhaus musste. Jeden Morgen stand ich um Punkt 8 Uhr im Stall, um zu misten und zu füttern, abends war dann wieder das gleiche Spiel angesagt. Der Muskelkater und die Blasen an den Händen wurden immer unerträglicher. „Ich hab's mir auch nicht ausgesucht", sagte Oma mir und grinste breit. Man wird im Leben nicht immer gefragt, was man möchte. Doch gerade die harte körperliche Arbeit war und ist es, die ihr ein Stück Lebensqualität gegeben haben.

Bei der Kommunion saß sie jedenfalls glücklich am oberen Tischende, gekleidet in ihrem besten Sonntagsrock. Im Getümmel von spielenden Kindern und lachenden Erwachsenen saß sie wie ein ruhender Pol, unterhielt sich hin und wieder mit ihrer Nebensitzerin und verfolgte die Gespräche rund um sie her. Eigentlich, sagt sie, mag sie solche Feierlichkeiten nicht besonders. Vielleicht sind es ihr zu viele oberflächliche Gespräche, die gerade bei solchen Anlässen geführt werden. Mit Oma kommt man eben schnell in tiefere Ebenen.

Schlussendlich hat sie den Sonntag aber doch genossen, jedenfalls strahlte sie während des Festessens bis über beide Backen. Die Kommunion meiner noch ungeborenen Kinder wird sie wohl nicht mehr verfolgen können, leider. Aber das ist der Lauf der Zeit. Jedem Anfang wohnt ein Ende inne.

Wenn Oma stirbt

Seit ich mich erinnern kann ist da die Angst. „Was ist, wenn Oma stirbt?" Als ich noch ein halbstarker Rowdy war, malte ich mir aus, wie ich mit ihrem Tod umgehen würde. Ich nahm mir vor, nicht zur Beerdigung zu gehen, sondern in den Wald. Dort wollte ich dann bei einer Flasche Bier und einer Zigarette meine Trauer vergessen, mich betäuben. So ein Schwachsinn. Zumal meine Oma schon immer gegen Rauschmittel jeglicher Art war. Ihre Droge war immer die Arbeit, die ja bekanntlich wie Arznei daherkommt.

Aber was tue ich nun, wenn meine Großmutter wirklich die große Reise antritt? Die Mutter war's, was braucht's der Worte mehr, wird die ganze Familie sagen. Sie selbst ist ambivalent. Einmal sagt sie, dass sie nach über 80 Jahren dann doch genug hat. Dann wieder gibt sie zu, dass es ihr so leicht nicht fallen wird, das Irdische hinter sich zu lassen: „Die Zeit vergeht so schnell. Gehen will keiner."

Meine Oma ist die gläubigste Christin, die ich kenne. Doch der Frage, ob sie sich sicher ist, dass es einen Himmel gibt, weicht sie aus. Das wisse niemand, das werde man sehen. „Bis jetzt is' noch keiner zurückkomme", sagt sie ruhig und ernst. Ich glaube nicht, dass sie die Angst vor dem alten Schnitter ihrer unwürdig erachtet. Sie fügt sich in unser aller Schicksal, das der Unwissenheit. Jeden Tag arbeitet sie als wäre sie noch 50 und nicht 81 Jahre alt. „Isch kenn' et ja nit anders. Warum soll isch jetzt wat anders mache?"

Schweres Thema, der Blick auf das Ende. Zumal in einer Gesellschaft, die nichts so sehr fürchtet, wie Gebrechen und das Nicht-Funktionieren. Da lob' ich mir die Oberschwaben des vergangenen Jahrhunderts. Hatten die sich fürchterlich zerstritten, dann versöhnten sie sich, indem sie einander einen friedlichen Tod wünschten. Das meinten sie ehrlich. Und dann wechselten sie bis dahin nie mehr auch nur ein Wort.

„Niemand weiß, was der Tod ist, ob er nicht für den Menschen das größte ist unter allen Gütern. Sie fürchten ihn aber, als wüssten sie gewiss, dass er das größte Übel ist", wusste schon Platon. Sicher ist aber, dass der Sterbeprozess fies sein kann. Ich jedenfalls wünsche meiner Oma in vielen, vielen Jahren einen angenehmen Tod. Einen, der ihr Leben ehrt.

Ein Blick auf mein eigenes Altern

Nun habe ich einiges über das Leben meiner Großmutter berichtet. Mir drängt sich die Frage auf, wie mein eigenes Alter aussehen wird. Wie wird sich die Gesellschaft im Lauf der nächsten 50 Jahre ändern? Ich bin dann 80 Jahre alt, wenn mich mein Lebenswandel nicht zuvor dahingerafft hat. Gibt es dann noch genügend Pflegekräfte? Oder muss ich mich von einem seelenlosen Roboter waschen, füttern und anziehen lassen? Wie lange bleibe ich gesund genug, um den Alltag eigenständig zu leben?

Alt werden ist kein Zuckerschlecken, das Leben kein Ponyhof, wie einer meiner Freunde zu sagen pflegt. Soziale Kälte, steigende Gewaltbereitschaft perspektivloser Jugendlicher, Klüngel und ein marodes Gesundheitssystem sind das Gegenteil der von Altkanzler Helmut Kohl eint in Aussicht gestellten „blühenden Landschaften". Vor einiger Zeit sprach ich mit Claus Fussek, Deutschlands bekanntestem Pflegekritiker: Ein bestürzender Gedankenaustausch. Er berichtete von Pflege im Minutentakt, offener Diskussion über aktive

Sterbehilfe, Ruhigstellung durch Medikamente, Vernachlässigung, Unterernährung, Austrocknung und medizinischer Unterversorgung.

Immer dann, wenn ich meinen Koller bekam, weil ich mich über die gesellschaftliche Entwicklung aufrege, wusste Oma Rat. „Die Frage nach dem ‚Warum' dreht sich im Kreis", sagte sie und appellierte an mein Gottvertrauen. In schweren Zeiten hat sie stets ihre Routine beibehalten, Tag für Tag eine Sicherheit für sich geschaffen. „Bäumsche, wat sich biegt, bricht nit", sagte Oma. Das bedeutet nicht, alles mit sich machen zu lassen und mit der eigenen Einstellung hinter dem Berg zu halten. Es heißt vielmehr, sich den Stürmen des Lebens auszusetzen, dabei mitzuschwingen und auch mal klein beizugeben, sich fügen, anstatt an einem Problem zu zerbrechen. Der Mensch hat ohnehin geringen Einfluss auf sein Schicksal, kann kein einziges Haar weiß oder schwarz zu machen, wie es schon in der Bergpredigt heißt. Ein japanisches Sprichwort macht Mut: Die Lebensspanne bleibt die gleiche, egal ob man sie lachend oder weinend verbringt. „Et kütt wie et kütt. Nimm disch nit zu wischtig."

Ansichtssache

Meine erste Freundin, nennen wir sie mal Sarah, ist heute 29 Jahre alt, zog bislang durch die Kontinente dieser Welt, hielt sich mit Gelegenheitsjobs über Wasser und verdrängte ihr eigenes Altern. Sie war recht flatterhaft. Als ich sie dieser Tage wiedersah, meinte Sarah, sie habe jetzt den Wunsch, sesshaft zu werden. Kinder zu bekommen, könne sie sich vorstellen, sogar in der Heimatstadt zu arbeiten. Bemerkenswert. Pendelte sie doch in den vergangenen zehn Jahren zwischen Australien, Indien, Hamburg und Berlin. Wie sehr Sarah in der Jugendzeit verhaftet ist, zeigte sich mir, als ich sie zu einem Termin mitnahm. Ich interviewte einen 22-Jährigen. Mir war an diesem Gespräch nichts Außergewöhnliches aufgefallen.

Sarah nahm mich aber anschließend beiseite, hielt ihre Hand vor mein Ohr und flüsterte in entsetztem Tonfall: „Der hat dich ja gesiezt!" Ich war perplex. Gut, zugegeben, als ich vor einigen Jahren an meinem ersten Tag als Student von Kommilitonen für einen Dozenten gehalten wurde, da war das etwas seltsam. Ich fing erst mit Mitte 20 zu studieren an. Aber auf Termin, wo ich die Öffentlichkeit vertrete und der Gesprächspartner seine Institution, wäre ich nie auf den Gedanken gekommen, das Du zu verwenden. Willkommen in der wirklichen Welt, liebe Sarah, dachte ich mir. Irgendwann setzt der süße Vogel Jugend bei uns allen zur Landung an, früher oder später merken wir, dass die Unterschiede zwischen den Generationen schmelzen. „Weißt, ich fühle mich noch wie mit 20", sagte Sarah: „Ich glaube, ich werde mich mit 40 auch noch so fühlen." Mit dieser Meinung befindet sich Sarah in guter Gesellschaft. Albert Einstein sagte: „Menschen, die wie wir an die Physik glauben, wissen, dass die Unterscheidung zwischen Vergangenheit, Gegenwart und Zukunft nur eine besonders hartnäckige Illusion ist."

Allgemeine Überlegungen zum alt werden

Was spricht für den Einzug ins Altersheim und was dagegen?

PRO

Im Altenheim kann der Lebensabend in sicherer, geselliger und angenehmer Atmosphäre verbracht werden. Je nach Anspruch, Geldbeutel und Gesundheitszustand kann eine passende Unterkunft gefunden werden. Es gibt riesige Wohnkomplexe, kleine individuelle Einrichtungen, Wohngemeinschaften für Demenzkranke und Seniorenresidenzen für Betuchte, die fast wie im Hotel leben.

Wer kein Pflegefall ist, sondern nur im Alltag auf Hilfe angewiesen ist oder sich Zuhause isoliert fühlt, kann im Heim Sicherheit und Geborgenheit erleben. Die Bewohner sind unabhängig wie bisher, jeder hat sein eigenes Reich, kann sogar Möbel von zu Hause mitbringen. Was dagegen wegfällt, sind die Beschwerlichkeiten des Alltags. Einkaufen, Essenzubereitung und Haushaltsführung sind im Alter immer schwieriger zu bewältigen. Auch lautes Kindergeschrei, bellende Hunde und laute Musik von Nachbarn bleibt den Bewohnern erspart.

Im Seniorenheim werden Freizeitaktivitäten, etwa Gehirnjogging, Gymnastik und Spieleabende, auf freiwilliger Basis angeboten. Neue Bekanntschaften und Freundschaften können sich ergeben. Einsam fühlen braucht sich niemand, Rückzugsmöglichkeiten sind ebenfalls gegeben.

Das Alter bringt es mit sich, gebrechlich und nicht mehr gut auf den Füßen zu sein. Haushaltsunfälle können tödlich enden. Zumal, wenn niemand zur Stelle ist, der helfen kann. Im Altenheim ist ständig Fachpersonal anwesend.

Die medizinische Versorgung ist vor Ort gebündelt und sofort verfügbar. Der Gang zu verschiedenen Ärzten entfällt ebenso wie stundenlanges Warten in der Praxis. Die

Möglichkeit, zum Pflegefall zu werden, muss ebenfalls bedacht werden. Dann noch in den „eigenen vier Wänden" zu leben, kann Probleme mit sich bringen. Außerhalb der wenigen Zeiten, in denen ein Pflegedienst anwesend ist, ist der Betroffene allein und auf sich gestellt. Im Altenheim wird individuelles Wohnen mit professioneller Pflege verbunden.

Neben Horrorszenarien, die sich viele ausmalen, wenn sie an ein Pflegeheim denken, gibt es genügend Einrichtungen, die als positive Beispiele dienen. Pflegeheime, in denen sich motivierte Pflegekräfte Zeit für die Bewohner nehmen, in denen Rücksicht auf Eigenarten und individuelle Ansprüche genommen wird, gibt es auch für einen verhältnismäßig moderaten Preis.

CONTRA

Mit dem Einzug ins Altenheim endet die Selbstbestimmung. Es gilt, zu einer bestimmten Zeit aufzustehen und im Saal gemeinsam zu essen. Monotonie bestimmt die Tage. Krankheit, Gebrechlichkeit und Tod sind allgegenwärtig. Der Tagesablauf kann nicht individuell bestimmt werden: Die eigene Entscheidungsfähigkeit droht zu verkümmern.

Das ganze Leben gearbeitet, Kinder großgezogen, Zwängen untergeordnet und dann endlich mit der Berentung Zeit für sich selbst gefunden: Diese neue Freiheit will möglichst lange genutzt sein. Und das möglichst nicht in dem häufig sterilen, unpersönlichen Umfeld eines Altenheims mit dem Charme eines Krankenhauses.

Sanitäranlagen sind oft gemeinschaftlich zu nutzen. Selbst das Ende des Tages ist vorbestimmt. Abendliche Ruhezeiten sollen Mitbewohner schonen, die sich früh schlafen legen. Nur, wer nimmt Rücksicht auf den, der gerne etwas mehr vom Tag haben möchte.

Kompromisse müssen in vielen Lebenslagen geschlossen werden. Aber es gibt Grenzen. Bevormunden, gar in der Würde beeinträchtigen lassen will sich wohl niemand. Wer zumal einen dreiviertel Teil seines Lebens seinen Mann (oder seine Frau) gestanden hat, kann sich wohl kaum damit anfreunden, vom Personal detailliert vorgeschrieben zu bekommen, was er zu tun und zu lassen hat.

Von den hohen Kosten für die Unterbringung einmal abgesehen, von der in manchen Häusern berechtigten Furcht vor Misshandlungen durch

Pflegekräfte ganz zu schweigen: Ein Altenheim ist nicht gerade der ideale Ort, den dritten Lebensabschnitt zu genießen. Die den Angestellten zugestandene Zeit zur täglichen Betreuung ist zudem sehr knapp bemessen.

Die Gefahr, ein Pflegefall zu werden, ist vorhanden. Dann ist es aber leicht möglich, Hilfe bei einem ambulanten Pflegedienst zu finden und sich in vertrauter Umgebung zu Hause versorgen zu lassen. Einen alten Baum darf man nicht verpflanzen.

Stumpfsinniges haben wohl die meisten Menschen während des Arbeitslebens oft genug ertragen müssen. Da sollte wenigstens der Lebensabend den Raum bieten, sich seinen ureigensten Interessen voll und ganz zu widmen, solange man noch kann. Freiheitsliebe wird vor dem vorzeitigen Gang ins Seniorenheim bewahren.

Ludmilla

Ihr Blick ging in die Ferne, bis zu dem Punkt, an dem die Bergkette endete, die das saftig grüne Wiesental umrundete. Gebannt saß die kleine Ludmilla zu ihren Füßen. „Sprich weiter, alte Frau", sagte das Mädchen mit dem hellblonden Haar. Die Alte, ihre Haut sah aus wie gegerbtes

Leder, nickte und es sah aus, als habe das Mädchen sie aus einem Traum gerissen. Es muss ein schöner Traum gewesen sein, ein wenig traurig zwar, so sah es aus – doch unter dem Strich schön.

Es war mittlerweile Abend geworden, die Sonne versank langsam hinter den bewaldeten Bergen. Die Alte nahm ein Gänseblümchen aus dem Topf neben ihr und steckte den Stängel hinter Ludmillas Ohr. „Ok", hauchte sie: „Dann will ich dir erzählen aus meinem Leben. Es war nicht immer nur einfach und beschwingt. Doch du sollst wissen, dass eine heitere Stunde mehr wiegt als tausend dunkle. Dass ein Jahr voll Liebe besser ist, als eine Lebenszeit einsam und allein." So startete die Alte ihre Erzählung. Dann atmete sie tief aus, streichelte dem Mädchen über den Kopf und fuhr fort.

„Als kleines Mädchen kannte ich keine Sorgen. Ich muss in deinem Alter gewesen sein, als ich anfing, die Welt zu begreifen. Ich wusste schon damals, dass ich anders bin als die meisten meiner Bekannten und Freunde. Doch was mich unterschied, das wurde mir erst Jahre später klar. Zu schön war meine Welt, um die Abgründe des Menschseins zu begreifen. Ich wuchs in einem Paradies auf, in dem die Blumen dufteten und die Sonne stets ausreichend Wärme spendete, selbst der Regen fiel sanft, nie knickte er auch nur eine Blüte um. Das war es, was mich anders machte. Erst als ich aus dem Mutterschoß hinein ins Leben ging, merkte ich, dass meine Welt eine ganz besondere ist. Überall schienen die Menschen, die ich sah, zu leiden, kalt und hart zu sein, ganz verbiestert. Ich war kurz davor, dass auch mir der Teufel ein Scheibchen meiner Seele herausschneiden wollte – doch das wusste ich zu verhindern. Ja, Ludmilla, auch ich trieb mich durch die Nacht. Ich saß nicht immer hier vor der Hütte aus Eichenholz. Ich war auch nicht immer alt und grau. Ich strotzte vor Leben, die Energie floss durch meine Venen, die Kraft pulsierte in mir. Das alles hat abgenommen. Doch die Leidenschaft geht nie ganz aus unserem Leben. Hier oben in dem schönsten Hochtal der Welt bin ich nun seit 15 Jahren, und die Stadt mit ihrer Hektik und ihren Versuchungen vermisse ich nicht. Ruhe und Liebe strömt mir entgegen, jeden Morgen, wenn ich die Augen öffne".

Die Alte schweift ab, dachte sich Ludmilla. Ungeduldig trippelte sie mit den Fingern. „Wie hast du denn deinen Frieden gemacht und was für Sorgen hattest du", sagte das Mädchen. Sie war eher an den unschönen Aspekten des Lebens der Alten interessiert. Dass sie hier oben in der klaren Bergluft auf dem Bänkchen vor ihrem Haus saß und allem Anschein nach zufrieden war, das merkte Ludmilla auch so. Doch was hatte die Alte so ruhig werden lassen. Auch wenn sie eine rosige Kindheit und Jugend hatte, irgendwann musste sie doch ein Dämon mit dem Bösen und Schwierigen in der Welt bekannt gemacht haben. „Erzähl, was war der schlimmste Moment in deinem Leben", bohrte Ludmilla nach.

Die alte Frau lächelte vergnügt, ihre Wangenknochen lagen in Falten dabei. „Geduld, mein Kind, Geduld. Das ist das Allerwichtigste im Leben. Was immer auch kommt, es wird kommen. Bleib mit reinem Herzen auf dem Weg, der deiner ist und alles wird gut. Doch du willst etwas aus meinen dunklen Stunden hören. So sei es denn. Als ich Mitte 20 war, lernte ich einen Mann kennen. Er war nicht mehr die reinste Seele auf Gottes weiter Erde. Doch es war ein guter Mann. In seinen Augen lag ein ehrlicher Glanz, seine Gedanken waren verwaschen und verwirrt seine Seele. Er hatte Schmerz erlitten, viel Schmerz und dadurch sein Vertrauen in die Menschen fast verloren. Doch als ich ihn sah, fiel mir bald auf, was wirklich in ihm lag, was ihn tatsächlich ausmachte. Nun fragst du dich sicher, was das war. Ich kann es dir nicht genau sagen. Es war eine Verbindung zu ihm, die auf natürliche Weise gut und angenehm war. Es war nichts Aufgesetztes. Er ergänzte meine

Schwächen und meine Stärken. Ich war schon immer mutig, wenn es galt, neue Aufgaben anzugehen. Er nicht. Doch er hatte unbändige Kraft, um Dinge in seinem Leben zu verändern, die schief gelaufen waren. Diese Energie steckte mich an. Wie gesagt, ich kann es dir nicht sagen, was genau uns verband. Er trank unmäßig, er schlief zu wenig und rauchte wie ein Schlot. Er zog lieber um die Häuser, als sich um seine Zukunft zu bemühen. Ja, es schien mir zuweilen sogar so, als ob ich ihn nicht erreichen könnte, als sei meine Liebe nicht stark genug, um ihm einen geraden Weg zu zeigen, nach dem er sich sehnte. Zu lange trieb er sich herum. Doch als ich ihn fragte, ob er den Weg mit mir gehen will, den ich mir wünsche, und er zustimmte, da war mir klar, dass wir beide gemeinsam alles schaffen können. Wie zwei Pole eines Magneten zogen wir uns an und durch die Jahre, auch wenn sich manches Mal Zeiten auftaten, in denen wir uns abstießen, eben wie jene Magneten."

Lebte die Alte hier oben alleine, gab es den Mann noch, von dem sie berichtete? Was führte sie hierher? Ludmilla wurde immer neugieriger. Dennoch wusste sie nicht, wie sie die Alte dezent ausfragen konnte ohne sie zu sehr zu bedrängen. „Wie kam es, dass du hier wohnst?", wollte sie wissen.

„Es war ein langer und manchmal auch steiler, steiniger Weg. Angefangen hat alles mit einer kühlen Februarnacht. Ich war, wie gesagt, nicht immer so alt wie heute. Ich ging in die Stadt und wollte an diesem Abend richtig auf den Putz hauen. Ich traf ihn auf Umwegen. Als ich ihn sah, war ich nicht gerade angezogen, gelinde gesagt. Es dauerte aber nicht lange, dann sah ich die Schönheit, die in ihm blitzte. Doch zu diesem Zeitpunkt war sie noch sehr tief in ihm verschüttet. Er wirkte kühl, angepasst an die hektische Welt – so drehte sich bei ihm alles nur um Macht und Geld. Warum sollte ich nicht einen schönen Abend mit ihm verbringen, dachte ich mir. In einem knappen halben Jahr war sowieso schon meine Abreise geplant. Ich sollte ins Ausland versetzt werden, in die Schweiz – ganz nah hier von meiner kleinen Hütte in einer mittelgroßen Stadt wollte ich mein Glück suchen. Ich wollte hart arbeiten und mir dann meinen Traum erfüllen, der da war, dass ich auf dieser Bank sitze und die Berge ansehen kann. Doch wie sich der Weg gabelte an dem ich stand, das konnte mir an dem Abend im Februar vor 40 Jahren nicht ausmalen.

Welche Tragkraft meine Entscheidung für einen Abend mit ihm hatte, unglaublich. Wir lachten viel an diesem Abend. Und wir tranken Bier. Wir haben

Späße gemacht. Abgedroschen, innerlich schon halb Tod – ohne einen göttlichen Funken waren wir beide. Wir hatten schon abgeschlossen mit der Liebe, hatten gedacht, alleine bleiben zu müssen. Auch wenn klar war, dass egal wie viele Jahre auch vergehen, wir beide irgendwo irgendwann da bleiben und ein Zuhause finden. Es war uns nicht bewusst, wo dieses Zuhause sein sollte und schon gar nicht, wie schnell wir es beieinander finden würden. Denn wir gingen am Ende der Nacht auseinander, ohne die Absicht zu haben, uns wieder zu sehen. Wir gingen zurück in unsere eigenen Betten, um den nächsten kargen und trostlosen Tag anzugehen, der aus Arbeit und Alkohol bestehen sollte, genau wie der vorrangegangene. Zwei Wochen später sahen wir uns wieder. Ich hätte ihn fast nicht erkannt, er sah nicht einmal in meine Richtung. Ich machte den ersten Schritt, obwohl er sich nicht bei mir gemeldet hatte, ich hatte seine Telefonnummer noch und rief ihn an. Das war unser erster Abend. Ab dem folgenden Morgen, an dem ich ihm einen warmen Kaffee ans Bett brachte, hatten wir uns beide für unsere Zukunft entschieden. Unbewusst, aber dennoch stand die Wahl fest. Obwohl ich anfangs dachte, ich würde diesen Mann sicher in einem halben Jahr nicht mehr sehen und ihn aus den Augen verlieren, es gab kein Zurück mehr. Manchmal habe ich diesen Morgen bereut, meist jedoch denke ich voll Freude an ihn zurück. Es war der Anfang eines neuen Lebens, das mich hierhin geführt hat. Später erzähle ich dir mehr, Ludmilla. Jetzt lege dich erst einmal zur Ruhe."

Irgendwie fängt es irgendwo immer an

Nie hat sie ein böses Wort auf ihren Mann kommen lassen. Sie hatte ihn zu dem gemacht, was er heute ist. „Weißt du, Ludmilla, er ist ein guter Mann", sagte die Alte. Das Mädchen mit den goldenen Locken wirkte ungläubig, sie schaute still hinauf zum Gesicht der Alten. Nach allem, was er ihr zugemutet hatte, nennt sie ihn immer noch gut, liebt ihn nach wie vor. Das konnte Ludmilla kaum verstehen. Doch die Alte musste es wissen, sie kannte ihren Mann wie kein anderer.

„Zuerst muss ich mich entschuldigen, dass ich dich so lange Wochen nicht mehr zu mir eingeladen habe, Ludmilla." Die Alte wirkte traurig, ihre Augen war geschwollen und dennoch wirkte sie gefasst: „Ich habe die vergangenen Tage weinend im Bett verbracht. Ich habe versucht, dir einen Brief zu schreiben, Ludmilla. Doch ich konnte nichts zu Papier bringen. Der Schmerz war zu tief, selbst heute nach all den Jahren sprang er mich wieder an, als sei die Wunde erst gestern gestoßen worden." Das kleine Mädchen schaute entsetzt. Was mochte passiert sein. Was hatte dieser Mann wieder gemacht? So eine schlimme Tat, dass die Alte vier Jahrzehnte später immer noch weinen musste.

Das, was Ludmilla nun hörte, ließ ihr den Atem stocken. Die alte Grauhaarige hatte sie gewarnt. Hatte angedeutet, dass Ludmilla durch die Geschichte einen kleinen Teil ihrer heilen Welt aufgeben müsste. Das Mädchen war bereit. Sie wollte wissen, wie die Welt um sie herum ist. „Das heißt nicht, dass du dich dem Irrsinn der Welt ergeben musst, du Kleine. Nur musst du wissen, welche böse Macht dort draußen lauert. Dadurch kannst du sie von ihr fernhalten. Du darfst nicht denken, du könntest die bösen Mächte besiegen, doch kannst sie bannen, von dir weghalten. Mir ist das meistens gelungen. Meinen Mann, meinen Guten, konnte ich nicht schützen. Jeder Mensch nimmt für sich selbst Verantwortung. Er war das beste Beispiel dafür, dass sich Gut und Böse vereinen in einem Menschen. Auch in mir, Ludmilla, und auch in dir. Doch mein guter Mann hatte die Extreme schon immer gelebt. Er war der Liebste und Reinste und Ehrlichste. Und gleichzeitig konnte er auch etwas anderes sein. Skrupellos, verlogen und dumm. Wirklich dumm, meine ich. Er ließ sich nicht vom Bösen auffressen. Doch auf seiner Seele gab es tiefe Narben. Dunkle, hässliche Stellen hatten sich hineingefressen in sein

Herz. Doch er war mein Mann. Ich liebte ihn. Und wenn es noch so weh tut, wenn es mich auch so verwirrte, dass auch er Schlechtes in sich trug und ich in keiner Weise verstehen konnte, was ihn zu den dunklen Seiten zog, was ihn wieder und wieder am Dreck faszinierte. Ich musste es akzeptieren. Ich musste sehen, dass er auch wenn er Schlechtes getan hatte nicht selbst schlecht war. Er zog lange Zeit durch die Nacht, er hatte den Teufel gesehen und er war von ihm gebannt. Er löste sich durch meine Liebe."

Ludmilla hatte es langsam wieder einmal satt. Die Alte plapperte und erzählte, doch wie immer um den heißen Brei herum. Hätte sie es nicht in einem Satz sagen können. Einfach sagen, was der Alte tat, dass sie selbst dem Teufel ins Gesicht schauen musste. Was und warum hatte er getan?

„Weißt du", setzte die Alte an, „es ist sogar nicht einmal so wichtig, was er tat. Was zählt, ist, dass er sich manchmal in seinem Leben der dunklen Seite der Macht zugewendet hatte. Die Kraft ist stark, sie verleiht Ruhe, Entspannung und Aufregung, sie gibt ein Gefühl des Lebendigseins. Das ist ihr größter Trick. Dass sie verspricht, lebendig zu machen. In Wahrheit tötet sie, macht das Herz kalt und zu Stein. Doch kurzfristig gibt sie ein gutes Gefühl. Liebe und die helle Seite erfordern Kampf und Verzicht. Ihre Güte ist sensibel, ihre Macht ist nicht geringer als die der dunklen Seite, aber sie erfordert mehr Jahre des Lernens. Sie lechzt nicht nach Macht und schnellem Kick und Reichtum. Sie ist zart und mit dieser Zartheit hat sie es schwer. Sie obsiegt jedoch letztlich immer. Mein Mann hatte es schließlich erkannt, nicht zu spät, sondern rechtzeitig. Mir fiel es schwer, das zu erkennen. Für ihn war es rechtzeitig. Für mich schien es zu spät. Ich liebte ihn immer noch. Doch er musste mir beweisen, dass er bereit war für sein Heil zu kämpfen, dass er bereit und in der Lage war, mich zu beschützen, zu befreien und zu schützen und zu unterstützen."

Ludmilla sah jetzt, dass es um mehr ging, als die eigentliche Tat des Mannes. Es ging darum, dass er das Leben nicht ernst nahm und dass ihm die dunkle Macht das Gefühl gab, dass das Leben ein Spiel sei. Dass keinerlei Anstrengung nötig sei, um die Ziele zu erreichen. Das Leben ist kein Spielplatz, es ist kein heiler Ort. Es ist ein Ort voll Dunkelheit und es bringt nichts, davor die Augen verschließen. Das erkannte Ludmilla trotz ihrer wenigen Jahre. Sie jedenfalls entschloss sich, das zu akzeptieren und den Kampf auf sich zu nehmen, für das Gute zu kämpfen. Das Gute, das in ihr liegt, sollte nicht im Kampf gegen das Böse und Dunkle Schaden nehmen. Der Gedanke, die Schatten mit

Hass und Zweifel vertreiben zu können – schnell und sofort – der wuchs in ihr. Doch die Alte bremste sie.

„Ich nahm es an, ich akzeptierte das Böse. So tat es mein Mann. Er wollte wach werden. Er wollte sich nicht dem Hass hingeben und dem Selbstmitleid. Er wollte mit mir durch das oft beschriebene Jammertal – er merkte, dass er mich erst in dieses dunkle Tal hineinzog. Meine Welt war licht und hell. Seine düster. Ich fragte mich damals, ob wir zusammen den Weg in der Mitte finden und gehen können."

Ob der Mann kleine Schritte und kleine Ziele sich stecken konnte, ob die Alte bereit war, die Welt ihres Mannes zu akzeptieren, darauf zu vertrauen, dass er bereit war umzukehren, das fragte sich die kleine Ludmilla. Eine Antwort von der Alten bekam sie an diesem Tag nicht. Sie konnte auch nicht schlussfolgern, ob der Alte noch bei ihr war. Sie hatte ihn schließlich noch nie gesehen. Die Alte betonte zwar bei jedem Besuch, dass der Alte gleich kommen musste und dass er stets bei ihr war. Doch war er es wirklich oder nur in ihrem Herz, in ihrer Erinnerung? Ludmilla wusste es nicht und getraute sich heute auch nicht nachzufragen. Stattdessen fragte sie, ob sich denn der Alte bei ihr entschuldigte und wenn ja wie. Die

Alte kramte in einer ihrer Kisten und fischte ein vergilbtes Stück Papier hervor. Er hatte damals, als sich die beiden frisch kennen gelernt hatten, eine Geschichte geschrieben. Er hatte sich Zeit gelassen und sich lange davor gedrückt, sie ihr zu zeigen, erzählte die Alte, die nun ansetzte, die Geschichte Ludmilla vorzulesen. Sie entstand am ersten Abend nach ihrem Kennen lernen – am ersten Wochenende im Februar eines glücklichen Jahres. Am 15. Februar küssten sich die Alte und ihr Mann das erste Mal. Wo war er heute? Die Alte lächelte wieder, endlich. „Gedulde dich, Ludmilla. Das ist das Wichtigste bei solchen Dingen im Leben".

Zum Abschluss eine kritische Betrachtung des Vaters der modernen Zeitungsreportage

Vielmehr Kurzgeschichten als Reportagen nach heutiger Definition sind die Texte, die Egon Erwin Kisch schrieb. Was bewegte diesen Mann, der von 1885 bis 1948 lebte, wenn er seine Texte produzierte? Wie unterscheidet sich die Reportagetechnik, die Kisch, der als Vater der modernen Zeitungsreportage gilt, mit seinem Berufseinstieg 1906 als Lokalreporter bei einer deutschsprachigen Tageszeitung in Prag entwickelte, von der heute gelehrten Art und Weise, wie eine Reportage zu schreiben sei? Neben diesen Themen beschäftigt sich diese Schrift auch mit der Frage, wie Kisch zu journalistischer

Objektivität und Wahrheitspflicht stand. Oft zitiert als Verfechter sachlich beschreibender Berichterstattung lohnt es, einen kritischen Blick auf die in Ich-Form, oft Jahre nach dem eigentlichen Ereignis geschriebenen Geschichten des Egon Erwin Kisch zu werfen.

Die Reportage ist die am wenigsten in Tageszeitungen verwendete Stilform. „Vielleicht liegt es daran, dass der Charakter der Reportage im Nebel liegt" (Fey, Schlüter, 1999, S.20). Weitere journalistische Formen sind Nachricht, Feature, Glosse, Kommentar, Interview und Bericht. Hier sind, abgesehen von der Glosse, klare Strukturen vorgegeben, die besagen, wie der Text aufgebaut zu werden hat. Die Reportage als „tatsachenorientierter, aber persönlich gefärbter Erlebnisbericht", wie sie das Fischerlexikon Publizistik definiert, ist folglich immer auch ein Stück weit Geschmacksache. Dennoch gibt es Kriterien in Aufbau und Schreibweise, die eingehalten werden müssen, um einen Text Reportage nennen zu dürfen. Diese werden im Folgenden näher erläutert.

Auch wenn Kisch in Journalistenkreisen hoch angesehen ist, wahrscheinlich würde er heute mit seinen Texten kaum einen Verlag finden, der ihn veröffentlicht. Zumal Kisch erpicht war, seine

Texte als ideologische Waffe gegen ihm widerstrebende Weltbilder zu benutzen und eindeutig Position für eine Partei ergriff, was dem heutigen Anspruch der unabhängigen Medien, politisch neutral zu berichten, entgegensteht. Die Meinung des Autors hat im Journalismus nach heutigen Maßstäben ihren Platz im Kommentar. Die restlichen Stilformen beschränken sich auf die Beschreibung von Zuständen und Ereignissen, die unkommentierte Wiedergabe des Erlebten. Doch heute wie zu Kischs Lebzeiten ist die Reportage für Journalist und Leser Abenteuer. Lehrmeinungen ändern sich mit dem Zeitgeist. „Im günstigsten Fall schreibt er [der Autor] Reportagen, die sich über … Empfehlungen hinwegsetzen, und die dennoch äußerst gelungen sind" (Fey, Schlüter, 1999, S.12)

Kischs Reportagetechnik contra aktuelle Lehrmeinung

Die vergleichende Betrachtung der Reportagetechnik Kischs mit heutiger Lehrmeinung muss die Absichten und Ziele Kischs in den Blick nehmen. Der Titel „Rasender Reporter", eigentlich der Name eines Kisch-Buches, ist zum Pseudonym für den Autor geworden. Dabei war die Arbeitsweise des Egon Erwin Kisch nicht unbedingt eine rein Journalistische, zumindest entsprach die

Arbeitsrealität Kischs nicht dem Klischee des Hosenträger tragenden, ständig rauchenden, gehetzten Reporters, der in unglaublichem Tempo arbeitete, telefonierte und recherchierte, am besten alles gleichzeitig. Er war ein behutsam Schreibender, der mit seiner Literatur für den Kampf der Kommunisten eintrat. Er war weniger Journalist als vielmehr ein politischer Autor (Walter, 1988, S. 9). „Die Texte [im Rasenden Reporter] hätten den Titel umso mehr entlarven müssen, als sie, genauso genommen, nicht einmal Reportagen waren, sondern die dem Schriftsteller Egon Erwin Kisch eigene Form seiner Kunst." (Ebd. S. 10).

Warum sind Kischs Reportagen keine Reportagen?

Der Kern der Reportage ist die Nachricht, also die Stilform, bei der Fakten wertfrei vermittelt und in knappen, präzisen und schlichten Worten gut überschaubare Sätze gebildet werden. Die Reportage ist „authentisch und ehrlich" (Fey, Schlüter, 1999, S. 21). Bei Kisch liegt der „Akzent auf Kunst. Denn die sorgsamen Recherchen lieferten ja nur den Stoff zu Kischs Geschichten" (Walter, 1988, S. 10). „Und wirklich bereitet er einen an sich alltäglichen Gegenstand oder

Vorgang literarisch so auf, daß er sensationell und aufregend wirkt (Ebd. S. 12).

Im Vorwort zum Rasenden Reporter behauptet Kisch zwar, nichts sei exotischer als die Sachlichkeit und vertritt somit die journalistische Maxime, die Wahrheit unverändert wiederzugeben. Am Beispiel der Geschichte Bei den Heizern zeigt sich, dass Kisch dieses Thema in der Praxis nicht allzu ernst nahm. Klar scheint, Kisch nutze seine Texte, um seine persönliche Ideologie kund zu tun. Die verschiedenen Fassungen des Textes Bei den Heizern, 1914 und 1924, „drücken ... Kischs jeweilige Stimmung und politische Überzeugung aus" (Walter, 1988, S. 17). Die erste Fassung, „künstlerisch schwach", in der zweiten „beklagt ein zorniger Linker, dass da Elend ist und kein Aufruhr". (Ebd.). Kisch will nicht Erlebtes vermitteln, will nicht ein Bild der Realität zeichnen – er will die Realität so wiedergeben, wie er sie sich wünscht. Er habe den Figuren „die eigene Weltanschauung in den Kopf projiziert". Bei den Varianten des Textes Bei den Heizern habe man es „mit zwei genau gegensätzlichen Deutungsabsichten" zu tun. Indessen stützten sich beide auf exakt dieselben Fakten (Walter, 1988, S.17).

„Zwischen dem kargen Erstdruck und der üppigen Endverwertung liegen in diesem Fall ja rundgerechnet [sic] zehn Jahre" (Ebd. S. 14). Weiter heißt es in der gleichen Quelle auf der gleichen Seite: „Und da sollte er sich ... tatsächlich noch ganz genau des kurzen Rundgangs durch den Schiffsleib der „Vaterland" ... erinnert haben?" Hans-Albert Walter kommt zum Schluss: „Untersucht man sie [die Texte] nur auf ihre Tatsachentreue, dann sind Egon Erwin Kischs Geschichten ... fragwürdig, ... mitunter kraß unglaubwürdig. ... Kurzum, was Kisch ... geschrieben hat, waren meist Erzählungen, Novellen, Parabeln (Walter, 1988, S. 19). „Keine Frage, daß Kisch ... gegen die oberste Reportertugend verstoßen hat: gegen die Forderung nach absoluter Tatsachentreue (Ebd. S. 18). Damit disqualifiziert Kisch sich selbst. „Die Fakten müssen stimmen. Beinahewissen führt in die Katastrophe. Und: kein noch so schön erfundenes Bild ist es wert, geschrieben zu werden. Wer einmal anfängt, zu dichten, verliert schnell den journalistischen Boden unter den Füßen." (Fey, Schlüter, 1999, S. 114/115).

Anspruch und Wirklichkeit scheinen auseinander zu driften. Kischs Reportagetheorie, die Dieter Schlenstedt untersucht hat, gibt die heute noch gültigen Basis-Voraussetzungen für eine Reportage, oder genauer gesagt, für jeglichen journalistischen Text wieder (Schlenstedt, 1985, S. 203 – 216). Darüber hinaus enthält sie aber nichts wirklich Grundlegendes, was Aufbau und Schreibstil einer Reportage erläutern würde. Wahrheit, saubere Recherche, Informationen sondieren und wie ein Fotograf klar ein Bild des Erlebten vermitteln, einen Blick auf die Gesamtzusammenhänge werfen, sie erfassen und vermitteln – keine allzu hohen Ansprüche für einen Journalisten, sondern die Grundlage des Berufs. In der täglichen Arbeit scheint Kisch diesem Ideal nicht gerecht geworden zu sein. Er selbst schreibt im Debüt beim Mühlenfeuer, dass er, weil ihm bei der „ersten Jagd nach der Wahrheit, die Wahrheit entgangen war", ihr von nun an nachspüren wollte. „Es war ein sportlicher Entschluss" (Kisch, 1979, S. 21). Zuvor beschreibt er, wie viel Erfolg er mit der Lüge, freundlicher ausgedrückt, mit der Fantasie hatte. Er lässt einen Chefredakteur zu einem Konkurrenten sagen: „Komisch, daß sich die anderen immer die interessantesten Lügen ausdenken und Sie immer nur die langweiligste Wahrheit wissen" (Ebd. S. 18). Wie viel Gehalt Kischs Reportagetheorie für seine Arbeit hatte, zeigt sich, wenn man liest, dass Kisch Fakten erfunden habe (Walter, 1988, S.19). Damit verliert Kisch, an seinen eigenen Maßstäben gemessen, den Anspruch, sich Journalist nennen

zu dürfen. „Ein Chronist, der lügt, ist erledigt."
(Kisch, 1979, S. 20).

Zugleich legt Kisch im Wesen des Reporters eine
weitere Facette seines Denkens offen. „Die
Ergebnisse der Recherche sind aus erster Hand.
Natürlich ist die Tatsache bloß die Bussole der
Fahrt, es bedarf aber auch eines Fernrohrs: der
"logischen Fantasie". Denn niemals bietet sich ...
ein lückenloses Bild der Sachlage" (Kisch, 1918).
Diese Aussage steht im krassen Widerspruch zu
dem pathetisch vorgetragenen Willen zur
absoluten Wahrheit im Debüt beim Mühlenfeuer.
Das Ideal wird nun als „die vom Reporter
gezogene Wahrscheinlichkeitskurve" definiert.
Hierbei, also überspitzt gesagt bei der Kunst zur
Lüge, netter: bei der Kunst, die wahrscheinliche
Wahrheit zu finden, zeige sich der Grad der
Begabung des Reporters. „Der Berichterstatter ist
der Prosaist der Ballade" (Ebd.). Kisch scheitert am
eigenen Anspruch, wie sich am Verhältnis des
Autors zu den Fakten zeigt. Und gleichzeitig an
der unklaren Definition seiner Arbeit: einmal
Reporter, der sich am Wahrhaftigen zu orientieren
habe, einmal Prosaist, der mit seiner Fantasie die
Wahrscheinlichkeit der Wahrheit zu suchen hat.

Die Reportagetheorie Kischs „hat ihre Wurzeln
in der bisherigen Tätigkeit und in den

Lebensproblemen Kischs" (Schlenstedt, 1985, S. 205). Auf die Person Kisch und ihren Drang zur Selbstdarstellung wird im zweiten Abschnitt dieser Arbeit, „Kisch und die Objektivität", ein Blick geworfen werden.

Kischs Reportagetheorie beschränkte sich wie erwähnt auf die ethischen Grundsätze, nach denen der Text verfasst werden soll. Mittlerweile sind die Vorgaben, wie der Text aufgebaut werden sollte, damit die Form Reportage gegeben ist, präziser. Der nachrichtliche Kern darf zum einen nicht verloren gehen, dabei sollen die Informationen zwischen die Textblöcke, die Erlebnisse und Handlungen in bilderreicher Sprache beschreiben, eingeflochten sein.

Wer zwischen den Fronten eines Bürgerkriegs herumirrt, der sollte auch die Geschichte der streitenden Völker erzählen, aber er sollte es nicht am Anfang tun, sondern geschickt zwischen zwei Episoden – wie ein Atemholen, bevor die Spannung wieder ansteigt. Manche Zeitungen ... nehmen den Hintergrund aus der Reportage heraus und packen ihn in einen Kasten, den sie neben den Artikel stellen. (Schneider, Raue, 1996, S. 112).

Hans-Joachim Schlüter und Ulrich Fey entwerfen das Bild eines fahrenden Zuges für den Aufbau einer Reportage, bei dem die einzelnen Wagen jeweils Information und Unterhaltung darstellen. Die Lok symbolisiert das Einstiegsbild, mit dem der Leser in den Bann der Reportage gezogen werden soll (Fey, Schlüter, 1999, S.56). Kisch schrieb größtenteils chronologisch.

Kischs Blickwinkel war ein persönlich gefärbter. Zwar wollte Kisch historische Veränderungen darstellen, also die Geschichte der streitenden Völker erzählen, um das Bild von Schneider und Raue aufzugreifen, doch „entsprechend dieser Absicht stehen der Bericht über … Begegnungen mit Menschen des Landes im Mittelpunkt", schreibt Eduard Schreiber in seiner Dissertation (Schreiber, 1970, S. 72).

Die Beschreibung der Umwelt, die auf zahlreichen charakteristischen Details beruht, und historischen Tatsachen erweitern den Bericht des Reporters [Bilderbogen und Propeller] über den Reisevorgang. Doch alle diese Elemente, wie Detail, Episode, Umwelt sind dem Bericht über den Vorgang und die Personen zugeordnet, so daß sich hier das Verhältnis von Vorgang und Person als die Hauptbeziehung dieser Reportage darstellt. (Schreiber, 1970, S. 73)

Zwar sieht es Schreiber so, dass die „gestalterische Idee" darin bestehe, die „[politischen] Veränderungen in Sowjetmittelasien", etwa am Beispiel der Baumwolle in Vergangenheit, Gegenwart und Zukunft, auf diese Weise, mit dem Blick auf persönliche Erlebnisse mit Menschen und Dingen, „zu verfolgen und so den historischen Prozess selbst vorzuführen" (Schreiber, 1970, S. 75). Es muss bezweifelt werden, ob der Zeitungsleser ohne wissenschaftlichen Blick diese vermutete Absicht erkennt. Kisch darf unter dem Umstand, dass er Fakten erfand, eigentlich nicht einmal unter der Berufsbezeichnung Journalist gesehen werden. Auch wenn er die literarische Gleichnisebene bewusst eingesetzt hat, wie Walter andeutet, wenn er sagt, dass diese Ebene mit der „beschriebenen Sache eigentlich gar nichts zu tun hat, daß sie nur als Spannungsmittel gebraucht wird, um den Leser in die Geschichte hineinzulocken" (Walter, 1988, S. 12). Doch Journalismus ist keine Literatur. „Der Journalist ist von der Verfassung eingesetzt als Treuhänder des Bürgers (Schneider, Raue, 1998, S. 246).

Conclusio

Aus heutiger Sicht schrieb Kisch Geschichten nach Gutdünken, um seine Meinung zu verbreiten, unter dem Deckmantel einer Stilform, deren formale Vorgaben er nicht erfüllt. Wobei gesagt werden muss, dass Kisch die Kategorie Reportage selbst nicht liebte, er suchte gar „eine Entschuldigung dafür", wie Hans-Albert Walter Ernst Bloch zitiert (Walter, 1988, S. 7). Kisch sah sich wohl so, wie ihn auch Walter bezeichnet: als Schriftsteller. Seine Geschichten sind unterhaltsam, bilderreich und entspannend wie ein Roman – nur Reportagen sind sie nicht. Was Kischs Ruhm nicht schmälert. „Erst die Zutat von Bildersprache und Gleichnis hat ja diesen Bericht … so frisch erhalten, wie er vor nunmehr über sechzig Jahren war" (Walter, 1988, S. 13).

Kisch und die Objektivität

Wenn sich Egon Erwin Kisch von anderen Reportern auch noch so unterschied, eine Eigenschaft war ihm zu Eigen, die bei Journalisten weit verbreitet ist. Er war ein Mensch, der sich gerne selbst darstellte. Am Beispiel der Geschichte Magdalenenheim könnte gezeigt werden, dass Kisch voraussetzt, dass die Leser sich für ihn und seinen Beruf interessieren, mehr noch sogar als für die eigentliche Geschichte – in diesem Fall die des Heims für gefallene Mädchen. Er stellt sich in den

Mittelpunkt, berichtet ausschweifend über die Vorgespräche mit der Heimführung, skizziert die Blicke der Damen des Leitungsgremiums, zeichnet ein Bild ihrer Anspannung und der Angst davor, eine negative Presse zu bekommen. Er stellt seine Erfahrungen als Privatperson mit den Chefinnen des Heims dar. Auch über Besuch bei den Mädchen berichtet er als Privatmann. Er selektiert die Erfahrungen scheinbar nicht. Der Text ist nichtsdestotrotz unterhaltend und gewährt einen Einblick in das Leben der Mädchen. Den Blickwinkel der Heimführung, die das Leben der Mädchen mehr oder weniger bestimmt, lässt er auf den ersten Blick außer Acht. Er lässt die Mädchen als aufgedrehte Schar, die des Nächtens um die Häuser zieht, erscheinen, mit denen er gut bekannt ist. „"Der Egon ist da", tönte es jetzt von allen Seiten, und Mädchen kamen auf mich zugelaufen", heißt es in dem Text (Kisch, 1979, S. 62).

„Der Reporter [Kisch] tritt als Beteiligter auf und als Beteiligter berichtet er, ohne anderen Personen für ihren Bericht Raum zu geben" (Schreiber, 1970, S. 71): Das ist der erste Eindruck, der sich bildet, wenn man Magdalenenheim liest. Doch an diesem Text beweist sich Kischs Genialität. Er forderte vom „Reporter und revolutionären Schriftsteller extreme Subjektivität und höchste Objektivität zugleich". Er beschwor ein „Pathos, das innerer

Erkenntnis entspringt und imstande ist, aus dem vorgefundenen Material ein Geschehen festzuhalten, das plastisch und wirklichkeitsnah herauswächst". Der revolutionäre Schriftsteller brauche fanatische Sachlichkeit (Siegel, 1973, S. 102). Bei genauerer Reflektion hat Kisch die Wirklichkeit des Heims exakt auf den Punkt gebracht. Die herrische und von Ängsten zerfressene Heimleitung wird portraitiert ohne auch nur ein böses Wort zu verwenden, Kisch beschreibt. Auch die gefallenen Mädchen entstehen vor dem geistigen Auge des Lesers - aufgedrehte, naive junge Mädchen wäre die Bezeichnung. Kisch umgeht die Festlegung auf diese bei jedem Menschen andere Assoziationen hervorrufenden Begriffe. Er beschreibt.

Nicht jeder Autor meistert die Ich-Form so gefahrlos wie Kisch. Selbst ihm gelingt es nicht immer, sein eitles Ego in den Hintergrund zu stellen. Manchmal überlagert das Subjektive die objektiv nachvollziehbare Realität, ohne dass ein Bild der Zustände im Gesamtzusammenhang entworfen würde.

Mit dem „unwichtigen und wichtigen Ich" befassen sich Schlüter und Fey. Sie raten zu einem behutsamen Umgang mit der Ich-Form. „Oft genug gewinnt die Geschichte dadurch nichts, der

Leser allenfalls den Eindruck, der Journalist wolle so sein Ego stärken. Ein Gefühl, das sich fatal auswirkt. Wer liest schon gerne etwas über Wichtigtuer?" (Fey, Schlüter, 1999, S. 40).

Kischs ständige Verwendung der Ich-Form und der laxe Umgang mit Objektivität, ein Eindruck, der sich immer dann verfestigt, wenn die Symbiose zwischen Subjektivität und Objektivität nicht so gut gelingt wie beim Magdalenenheim, haben Gründe. Ein wahrscheinlicher ist, dass Kisch mit seiner Arbeit nicht nur journalistische Ziele verfolgte. Neben der Absicht, mit seinen Texten die Gesellschaft zu verbessern, für die Aufklärung in seinem Sinne einzutreten, stand bei Kisch auch der Wille nach Ruhm und Anerkennung im Vordergrund. „In Leben und Werk trachtete er intensiv danach, Aufmerksamkeit zu erregen, nach Avantgarde zu streben, eine beispiellose Selbststilisierung war die Folge" (Patka, 1997, S. 13). „Seine Autobiographie war der Höhepunkt dieser Entwicklung der Selbstinszenierung (Ebd. S. 111). Kisch wollte sich „den Durchbruch erzwingen, … die Schwelle überwinden, die den bekannten vom berühmten Autor trennte" (Walter, 1988, S. 8).

Mutmaßlich für dieses Ziel stellte er sich auch immer selbst in den Mittelpunkt seiner

Reportagen. Das führte nicht immer zu solch gelungenem Ausgang wie beim Magdalenenheim. Die Gefahr dieser Schreibweise ist, dass sie zu einer gegenläufigen Reaktion beim Leser führen kann, als die, die beabsichtigt war. Etwa beim Text Mein Briefwechsel mit Adolf Hitler zu beobachten. Kisch war auf eine Ungereimtheit in Hitlers Biographie gestoßen. Im Stil der Bildzeitungsrubrik Post von Wagner zieht er den Erwerb des Eisernen Kreuzes in Zweifel. Die respektlose, satirische Abhandlung des Themas, wie immer in Ich-Form und mit direkter Ansprache per Du, wird der Nachricht nicht gerecht. Kisch macht die Sache zu seinem persönlichen Thema. So ist zu vermuten, dass bei den Lesern, die Hitler wohl gesonnen waren, eher Hass auf Kisch entstand. Vermutlich wäre eine nachrichtliche Behandlung der Fehler Hitlers nützlicher gewesen, um ihn zu diskreditieren. Das ist wohl auch ein Grund dafür, dass sich die durchaus wichtige Mitteilung „innerhalb der antifaschistischen Agitation und der Exilliteratur nicht durchsetzen" konnte (Patka, 1997, S. 171).

Die größte Schwäche genau wie die größte Stärke der Kisch-Texte liegt darin, dass sich der Autor gerne selbst ins Rampenlicht stellt, scheinbar lieber seine Person als die Umwelt in den Mittelpunkt rückt. Anders gesagt, Kisch ist nicht objektiv.

Auch bei den Haftberichten nach dem Reichstagsbrand zeigt sich, wie sehr Kisch der rein subjektiven Betrachtung erlag. Und damit die erhoffte Wirkung beim Volk, respektive Leser, nicht oder nur teilweise herbeiführen kann. Ironisch, satirisch, zudem als Fortsetzungsbericht, dem Ernst der Nachricht nicht angemessen berichtet Kisch und stellt sich selbst wieder in den Mittelpunkt seiner Geschichte. Dabei berichtet er einerseits eindrucksvoll, ein Bild erzeugend, das Abscheu vor der SA erregt, gleichzeitig aber auch mit „feuilletonistischer Weitschweifigkeit, … deren Berechtigung nur schwerlich zu akzeptieren ist" (Siegel, 1973, S. 221). Mit dem Zitieren der Kampfrufe der Rotfront-Anhänger zeigt Kisch ihr Durchhaltevermögen. Erzeugt aber sicher bei Staatstreuen der damaligen Zeit auch Wut auf die Genossen. Kisch stellt sich voll auf die Seite der Kommunisten. Es steht Propaganda gegen Propaganda, Hass gegen Hass. Dadurch überzeugt er hauptsächlich die, die ohnehin auf seiner Seite stehen. Die, die der SA und dem Staat zugetan sind, werden das Misstrauen gegen die Kommunisten dadurch wohl nicht verloren haben, eventuell den Schluss gezogen haben, dass die SA schon ihren Grund habe, die Kommunisten zu verprügeln.

Bei beiden Reportagen, sowohl den Haftberichten, als auch bei der Attacke auf Hitlers EKI, wird deutlich, wie wenig objektiv Kisch ist. Und dass die Subjektivität nicht immer den in Kischs Theorie gestellten Zweck erfüllt. Er stellte seine Kunst in den Dienst seiner selbst und des antifaschistischen Kampfes. Dabei kann er, wie erwähnt, durch die absolute Parteinahme nur die Leser erreichen, die seine Weltsicht ohnehin schon teilen. Sätze wie „keiner, keiner ist irre geworden an der Sache, für die er so Entsetzliches erleiden muß" (zit. Siegel, 1973, S. 223) drücken Kischs Anerkennung aus, schrecken aber die Menschen ab, die er mit reinen Fakten, in Reportageart beschrieben, hätte überzeugen können, die Sicht der Menschlichkeit anzunehmen.

Kisch sah es so, dass er der KPÖ zwar „die Erkenntnis der Fakten für den Klassenkampf nutzbar" machte, aber lehnte „es ab, Propaganda zu fabrizieren" (Trommler, 1976, S. 493). Es mag übertrieben sein, Kischs Texte zu diesem Thema als Propaganda in Reinform zu bezeichnen. Aber der Beigeschmack ist vorhanden.

Die fehlende Objektivität hat eine gravierende Auswirkung, sie schadet der Glaubwürdigkeit des Reporters. Es könnte möglich sein, dass mancher Leser die Recherchen zu den Hintergründen des

Reichstagsbrandes aus diesem Grund nicht glaubte. „Durch unterschiedliche Gewichtung von Dokumenten können … Historiker zu diametral entgegen gesetzten Ergebnissen kommen, was sie mit dem Dichter-Reporter gemeinsam haben" (Patka, 1997, S. 150). Es kann gemutmaßt werden, dass, sofern Kischs Recherchen stimmen und Ölinteressen, also weder van der Lubbe noch Nationalsozialisten, hinter dem Anschlag steckten (Siegel, 1973, S. 224), die Öffentlichkeit das Ergebnis mit dem Wissen um Kischs Bedürfnis zur Selbstdarstellung für zu abstrus konstruiert hielt. So dass wiederum dieses Thema in der Nachkriegszeit öffentlich keines mehr war und, die Schlussfolgerung drängt sich auf, auch während der Nazi-Diktatur nie richtig ernst genommen wurde.

Der Knackpunkt ist die Frage der Glaubwürdigkeit. Glaubwürdigkeit schwindet mit mangelnder Objektivität. Die teils unflätigen, zu locker daherkommenden Äußerungen Kischs, gerade bei der Attacke auf Hitlers EKI, nützten den Nationalsozialisten vermutlich mehr als sie ihnen schadeten. Gleiches lässt sich auf die anderen im Rahmen des antifaschistischen Kampfes geschriebenen Reportagen folgern.

Hat Kisch sich in reiner Selbstdarstellung in den Mittelpunkt seiner Geschichten gestellt?

Unter dem oben erwähnten Aspekt, dass Kisch bewusst seine subjektiven Eindrücke mitteilte, er sie durch den „Affekt, mit dem von den Beherrschern der Welt ... reagiert wird" legitimiert sah (Siegel, 1973, S. 102), fügt sich ein einheitlicheres Bild zwischen Kischs Theorie und seiner Arbeitsweise. Dennoch ist der Anspruch an höchste Objektivität nicht erfüllt, es darf bezweifelt werden, ob er erfüllbar ist.

Das Ausmaß, von Tatsachen den Bezug zur eigenen Weltanschauung herzustellen, ist bei Kisch jedoch besonders hervorstechend. Schreiber zieht in seiner Dissertation den Schluss: „Die Reportagen ... zeigen, daß Kisch zwischen den von ihm vorgefundenen Tatsachen ... nur gerade solche Beziehungen herzustellen vermag, wie es die von ihm verfolgte Absicht und seine weltanschauliche Meinung zulassen" (Schreiber, 1970, S. 71).

Conclusio

Die Vermutung liegt nahe, dass das Streben nach Objektivität sich nicht mit der Idee verbinden lässt, seine Texte in den Dienst einer Sache zu stellen.

Selbst wenn die Liebe zur Wahrheit die Antriebsfeder für die Arbeit ist, entsteht beim Schreiben ein zu persönliches Bild des Erlebten. Zumindest dann, wenn der Autor zusätzlich zu seinen Eindrücken kommentierende Passagen und Wörter in den Text einbaut, wie Kisch es tat. Allein durch die Wiedergabe der Fakten, die der Autor ja ebenfalls nach persönlichen, weltanschaulichen Gründen auswählen kann, ist sicherlich mehr in den Köpfen, gerade Andersdenkender, zu bewegen, als mit der Keule der Kommentierung.

Der Anspruch, die eigene Weltanschauung anderen einzubläuen entpuppt sich, wie am Beispiel des Kampfes zwischen Rotfront und Nazis gesehen, als unmögliches Unterfangen. Mehr Erfolg verspricht es, Überzeugungsarbeit anhand von Fakten zu leisten, die dem Leser erlauben, sich ein eigenes Bild der Welt zu machen, das im besten Fall den Absichten des Autors entsprechend geartet ist.

Bibliographie zur Betrachtung von Kisch

- Schlendstedt, Dieter. Egon Erwin Kisch. Leben und Werk. Westberlin: Verlag das Europäische Buch (deb), 1985.
- Schreiber, Eduard. Die Funktion künstlerischer Gestaltungsmittel in der

Reportage. Dis. Leipzig: Karl-Marx-Universität – Sektion Journalistik, 1970.

- Kisch, Egon Erwin. „Debüt beim Mühlenfeuer." In: Walther Schmiedling, Hrsg. Nichts ist erregender als die Wahrheit – Band 1. Köln: Kiepenheuer&Witsch, 1979. 11-21.
- Schneider, Wolf. Raue, Paul-Josef. Handbuch des Journalismus. Reinbeck bei Hamburg: Rowohlt Verlag, 1998.
- Kisch, Egon Erwin. „Magdalenenheim." In: Walther Schmiedling, Hrsg. Nichts ist erregender als die Wahrheit – Band 1. Köln: Kiepenheuer&Witsch, 1979. 56-63.
- Fey, Ulrich. Schlüter, Hans-Joachim. Reportagen schreiben. Von der Idee bis zum fertigen Text. Bonn: ZV Zeitungs-Verlag Service, 1999.
- Siegel, Christian Ernst. Egon Erwin Kisch. Reportage und politischer Journalismus. Bremen: Carl Schünemann Verlag, 1973.
- Walter, Hans-Albert. Ein Reporter, der keiner war. Rede über Egon Erwin Kisch. Stuttgart: J.B. Metzlersche Verlagsbuchhandlung und Carl Ernst Poeschel Verlag, 1988.
- Patka, Markus G. Egon Erwin Kisch. Stationen im Leben eines streitbaren

Autors. Wien, Köln, Weimar: Böhlau Verlag, 1997.

- Kisch, Egon Erwin. Wesen des Reporters. In: Das literarische Echo 20 (1918) 8 [GW 8. S. 205].
- Trommler, Frank. Sozialistische Literatur in Deutschland. Stuttgart: Kröner, 1976.